KB267981

아직도 때가 늦지 않았다

아직도 때가 늦지 않았다

초판 1쇄 인쇄 2013년 11월 29일
초판 1쇄 발행 2013년 12월 06일

지은이 양 태 석
펴낸이 손 형 국
펴낸곳 (주)북랩
출판등록 2004. 12. 1(제2012-000051호)
주소 서울시 금천구 가산디지털 1로 168,
우림라이온스밸리 B동 B113, 114호
홈페이지 www.book.co.kr
전화번호 (02)2026-5777
팩스 (02)2026-5747

ISBN 979-11-5585-089-3 03810 (종이책)
979-11-5585-090-9 05810 (전자책)

이 도서의 국립중앙도서관 출판시도서목록(CIP)은 서지정보유통지원시스템 홈페이지(http://seoji.nl.go.kr)와
국가자료공동목록시스템(http://www.nl.go.kr/kolisnet)에서 이용하실 수 있습니다.
(CIP제어번호 : 2013025771)

아직도 때가 늘지 않았다

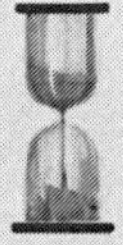

가치 있고 행복하게 나이 드는 법은 없는 것일까? 배우고, 비우고, 나누면 어떨까?

큰 재물을 모으고 출세를 하여 권력을 잡는 일은 사람으로 태어나서 한평생을 살았던 선인들이나 현재를 살고 있는 우리들이나 갖고 싶고 누려보고 싶은 것 중의 최고임은 확실하다. 그러나 끊임없이 추구하는 물질만능주의와 다른 사람을 다스리거나 그 위에 군림하는 삶을 살다 가는 일생이 꼭 가치 있는 삶이라고 생각되지는 않는다.

영국의 생물학자 찰스 다윈은 『종의 기원』을 통해 모든 생물들이 살아남기 위해 싸우는 모습을 생존경쟁(生存競爭)과 적자생존(適者生存)이라는 말로 표현했다. 결국은 변화하는 환경에 잘 적응하고 경쟁에서 이기기 위해 부단히 내 몸집을 불리고 강해져야만 하는 운명을 안고 우리는 지구상에 태어난 것이다.

그러므로 사람들은 어쩌면 이 세상에 태어난 이상 원하든 원치 않든 살아남기 위해서 좌충우돌해야 한다. 그러나 내가 이익을 얻으면 분명 다른 사람은 손실을 보게 되어 있다. 그런 의미로 볼 때 부를 축적했다는 의미는 내가 경영을 잘한 것도 있지만 나로 인해 남이 피해를 보거나 볼 수 있다는 사실을 간과해서는 안 된다. 내가 만든 상품을 남들이 사주지 않았다면 내가 어찌 부를 쌓을 수 있었겠는가? 결국은 사람(소비자)의 도움으로 돈을 벌 수 있었던 것이다.

기원전 철학자 에피쿠로스는 "빵과 물만 있다면 신도 부럽지 않다."고 말했다. 에피쿠로스는 욕망을 크게 필수적 욕망, 필수적이지 않은 욕망, 공허한 욕망으로 나누었다. "필수적 욕망은 우리가 살아가는 데 꼭 필요한 음식, 의복, 집 등에 대한 기본적인 욕구를 말하고, 필수적이지 않은 욕망은 맛있는 음식, 좋은 옷, 쾌적한 집 등에 대한 욕망이다. 그리고 마지막으로 공허한 욕망은 명성이나 인기 같은 것들에 대한 욕심이다. 필수적이지 않은 욕망과 공허한 욕망을 채우기 위해서는 많은 노력이 필요하다. 그럼에도 이것들은 우리에게 쾌락을 주지 못한다. 채워질수록 기대 수준이 점점 더 높아져 결국 고통만을 주기 때문이다."라고 말했다.

우리는 권력을 위해 질주하다 청문회에서 치부가 발가벗겨져 명예도 인격도 하루아침에 실추되는 망신을 사는 지도층을 그동안 많이 보아왔다.

"인간은 사회적 동물이다."라고 외친 아리스토텔레스는 인간의 삶의 목적은 행복이라고 말했다. 그렇다면 과연 인간에게 행복이란 무엇이고 행복은 어떻게 추구해야 하는 것일까? 그 답은 움켜쥔 손을 펴는 것이라고 생각한다.

그동안 악착스럽게 재물을 모으는 일과 명예를 위해 집착했다면 이제는 나보다 못한 이웃을 돌아보라고 권하고 싶다. 남한테 받는 행복보다는 남을 도와주는 행복이 훨씬 소박하며 값지다. 중년의 당신, 쌓아놓은 재물이 없다면 재능이라도 기부해 보자. 나눔은 나를 행복으로 인도하는 천사의 역할을 할 것이다.

끝으로 부족함이 많은 이 책이 빛을 보게 하고 언제나 없는 자의 편에 서서 부를 나눌 수 있는 롤모델이 되기를 원하는 삶을 살아가는 (주)모악산업 전경희 대표님께 머리 숙여 깊은 감사를 드리며 책을 펴내게 된 기쁨을 함께 나누고자 한다.

양 태 석

목차

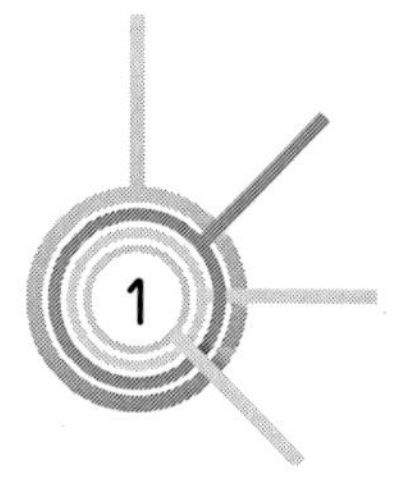

주특기가 필요한 시대

의학의 아버지라 불리는 히포크라테스는 "인생은 짧고 예술은 길다."라고 말했다. 그렇다. 분명 예술은 길고 인생은 짧다. 그러나 100세 시대가 된 지금 인생도 길어졌다. 과학과 함께 현대의학의 발달로 인간의 수명도 길어져 1세기 동안 삶을 영위할 수 있게 된 것이다.

우리는 이 시점에서 뭔가 우리의 삶에 대한 조망과 깊은 성찰이 필요할 것 같다. 지난날 우리 선대가 그렇게도 살고 싶어 하던 날들을 우리가 소유하고 만끽하고 있지 않은가. 늘어난 수명을 탓하며 빨리 죽어야 하는데, 하고 한탄하고 있는 사람은 없을 것이다. 그렇다면 길어진 수명을 알차게 살아 갈 수 있는 방법은 없을까?

그 대안으로 예술에 관심을 가져 보라고 권하고 싶다. 젊은 시절 거친 세상을 헤쳐 나가느라 잠시 내면에 잠재해 있던 능력을 찾아 내 어깨에 올려놓았던 무거운 짐을 벗은 퇴직 후의 삶에선 아름다움을 표현하고 창조하는 일에 몰두해 보라고 얘기하고 싶다. 장르는 무엇이든 좋다. 본인의 취향에 맞는다면 서예, 그림, 도자기 굽기, 요가, 글쓰기 등 무엇인들 몸에 좋지 않은 것이 있으랴.

어렵다 생각하지 말라. 지금은 고인이 되었지만 98세에 펴낸 시집이 160만 부 가까이 팔리는 초베스트셀러를 기록한 일본의 할머니 시인 시바타(柴田) 도요 씨를 롤모델(Role Model)로 생각하면 좋을 것 같다. 보통 사람들 같으면 삶에 무슨 의미나 희망을 부여할 수 있는 삶이 있겠느냐고 반문할 그 나이에 책을 출판한다는 일은 정말 경이로운 일이 아닌가. 물론 책이 팔리는 수량이 많다 해서 작품성도 뛰어나다고 볼 수는 없지만 시바타 도요 할머니의 느지막한 도전정신을 높이 평가하고 알아주는 사람들이 많았다는 것이다.

어린 시절 나의 꿈은 문학가였다.

나는 시골의 조그마한 면내 중학교에 다녔었는데 그 학교 내에 조그마한 도서관이 있었다. 말이 도서관이지 책을 읽을 장소도 없었으며 유리창이 있는 진열장에 책을 소장해 놓고 책만 빌려주는 역할을 하는 곳이었다.

그 당시 생물을 담당했던 선생님이 도서실을 관리하셨는데, 학교에서 독서공책을 만들어 학생들에게 나누어 주고, 한 권의 책 읽기가 끝나면 뒤돌아보며 독후감을 쓰고 하는 식이었다. 그때부터 책 읽는 재미에 푹 빠지게 되었고, 많은 책을 접하면서 그 속에서 꿈을 키워나갔다. 나이에 맞지 않아 읽어도 그 책에 숨겨진 깊은 의미를 알 수 없는 소설, 수필. 철학 등등 장르를 가리지 않고 닥치는 대로 읽어 나갔다.

학창 시절을 교과서가 아닌 많은 책들과 시름하며 보낸 후, 총무

처에서 시행하는 공무원 시험에 합격하여 국가공무원이 되었다. 그리고 바쁜 직장 생활에 파묻혀 잘 적응해 가며 살던 어느 날 갑자기 붓글씨를 배우면 좋겠다는 생각이 들었다. 그러나 직장 생활에 올인하던 나로선 도저히 짬을 낼 수가 없어 붓글씨 배우는 것을 중도에 포기하고 말았다.

밥 한 그릇을 위해 젊은 시절을 모두 바치고, 그럭저럭 세월은 흘러 공무원에서 공사원으로 다시 개인 회사원으로 내 의지와 관계없이 정치권의 논리에 따라 유랑의 길을 걷다 2003년 가을에 명예퇴직을 하게 되었다. 아무 준비도 없이 갑자기 퇴직을 하게 되다 보니 시간관념이 사라져 하루가 3일처럼 길어진 시간을 보내기가 보통 고역이 아니었다.

지금 같으면 하나님이 나에게 그동안 열심히 일한 공로를 인정하여 황금 같은 시간을 보너스로 준 것에 대해 황송 감사해 땅에 머리를 조아리며 맞이했을 것 같은데, 불경스럽게도 더디게만 가는 시간을 주체하지 못하고 신세타령만 했었다.

얼마 후, 다행히 나라는 상품 가치를 인정해 주는 사람이 세상에 있어 재취업을 하게 되었다. 그러나 나이가 나이고 직위가 직위인 만큼 어차피 그 자리는 접대용 술 상무 자리다. 이 자리는 업계의 관행으로 보아 3년 정도면 떠나야 할 자리다. 그때 절실히 느낀 것이 퇴직 후를 준비해야 한다는 것이었다. 지난번 명퇴의 학습 효과가 곧바로 나타난 것이다.

그래서 서예 학원을 다니게 되었다. 생각을 바꾸면 인생이 달라

질까? 그렇다. 인생이 바뀐다. 2005년, 53세의 나이로 서예에 입문한 것이다. 그러나 이때까지만 해도 서예를 하고 싶은 동기가 왕희지나 구양순처럼 붓글씨를 잘 써 서예가가 되겠다는 원대한 꿈보다는 취미로 글쓰기를 하며 퇴임 후 노년에 소일이나 할까 하는 생각에서였다.

나의 스승은 고인이 되신 정동영 선생님이시고, 선생은 소전 손재형 선생의 제자이시다. 서예계의 대부이신 소전 선생으로부터 사사한 나의 스승님은 오체(전서, 예서, 해서, 행서, 초서)뿐 아니라 추사 김정희, 소치 허유, 소전 손재형으로 이어지는 정통 추사 계보로 추사체도 탁월하다. 글씨뿐만 아니라 서예의 기본이 되는 서예 이론에도 정통하여 국내에선 서예이론으로 선생님을 대적할 만한 인물이 없을 정도였다. 정통 서법 전수를 위해 다수의 서예에 관한 논문과 『해서법정요』 등 다수의 서예 이론서를 제자들이 펴냈는데 이를 감수했다.

이렇듯 훌륭하신 스승을 모시고 공부하는 나는 얼마나 행복한가! 그러나 아무리 훌륭하신 선생님의 가르침 아래서 공부를 한다 해도 나 자신의 피나는 노력이 없다면 모든 것이 수포로 돌아갈 것이다. 그래서 나는 몇 년간 인내심을 요구하는 좋아하던 잡기를 모두 다 포기하고 여유 시간을 몽땅 붓글씨 쓰는 일에 올인했다.

그러나 무슨 일이든 다 마찬가지지만 아무리 내가 좋아하는 일이라도 굴곡이 있기 마련이다. 노력한 만큼 글씨가 늘지 않는다 생각되면 붓글씨 쓰는 일에 염증을 느끼기도 하고, 운동이 부족하다

싶으면 때로는 등산이나 골프로 돌아가고 싶은 유혹을 강하게 느끼기도 했다. 특히 공모전에 출품하는 작품을 쓸 때면 돈 안 되는 일에 매달려 시간과 돈 낭비하며 왜 스트레스를 받아야 하나 하는 자괴감에 빠져 포기하고 싶기도 했다.

그때마다 나는 당나라의 시인 이백과 관련된 고사성어 '철저성침(鐵杵成針)'을 항상 떠 올리며 마음의 위안을 삶곤 했다. 이백이 어려서 학문을 포기하고 세상 밖으로 나왔는데, 우연히 한 노파가 철로 된 봉을 숫돌에 갈면서 "이 큰 쇠뭉치를 갈아서 바늘을 만들겠다."라고 하는 말을 듣고, 이백이 깊은 감명을 받아 되돌아가서 편안한 마음으로 공부해 드디어 천고의 명가가 되었다는 고사 말이다.

어쨌든 뼈를 깎는 노력 끝에 다행히 2008년 4월, 아세아서화협회 주관 대한민국서화대상전에서 서예작품(추사체 행서창작)을 출품하여 대상을 받게 되었다. 남들은 평생 동안 서예를 해도 타기 힘들다는 대상을 서예에 입문한 지 불과 몇 년 안 된 햇병아리가 받은 것이다. 이 세상에 노력하면 안 되는 일이 없다는 말을 실감하며, 그 당시 붓글씨 배우길 얼마나 잘했는지 모른다는 생각이 들었다.

지금은 시골의 자그마한 복지관이지만 시예를 가르치고 또한 그곳에서 많은 분들과 인생을 논하며 즐겁게 하루하루를 보내고 있다.

퇴직 후 남은 인생을 행복하게 지내려면, 적당한 돈과 취미를 같이하는 친구와 건강한 심신과 시간의 여유가 있어야 한다는 말이 있다. 새로운 일에 도전하고 예술과 함께하며 마음을 가라앉혀 일상의 지루함 즉, 권태와 고독으로부터 탈출하여 평안한 일상을 살아간다면 성공한 삶이 아닐까 생각해 본다.

문화의 소비자가 아닌 창조자라는 마법의 열쇠를 가짐으로써 인생의 후반전을 이끌어가는 데 자신이 생겼으면 한다.

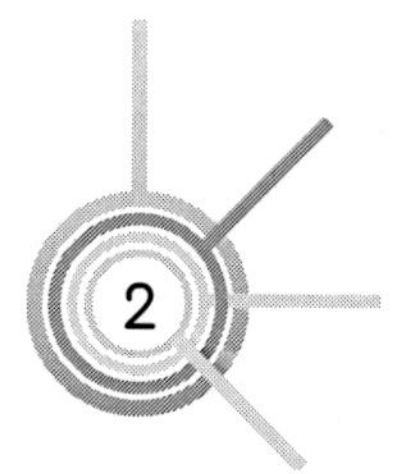

인생 후반,
목표가 필요하다

사람은 꿈을 먹고 산다. 그 꿈이 없다면 당연히 이루고자 하는 목표도 없게 된다. 목표가 없는 항해, 그것은 곧 바람 부는 대로 또는 물결치는 대로 인생을 무의미하게 살다 죽겠다는 의미가 아닌가. 아무리 '공수래공수거(空手來空手去)'라지만 한 번뿐인 인생을 그렇게 살다 갈 수는 없지 않은가.

우리는 젊은 시절부터 크든 작든 하나 또는 몇 개의 꿈을 안고 목표를 설정해가며 열심히 살아왔다. 누구나 한 번쯤 초등학교 시절엔 대통령이 되겠다는 당찬 포부를 학우들 앞에서 당당히 밝혔을 것이다. 그러나 점차 나이가 들어감에 따라 그 꿈과 이상은 현실이 되어 낮은 곳으로 낮은 곳으로 흘러들어 가게 마련이다.

사실 나이가 들고 처해진 환경이 바뀌어 가면서 목표는 바뀌질 수 있다. 시도 때도 없이 바뀌는 게 무슨 놈의 목표냐고 힐난하는 사람들도 있겠지만 산업화된 다양화 시대에는 어쩔 수 없다.

컴퓨터 프로그래머가 되는 게 꿈인 사람이 있다 하자. 컴퓨터 프로그래머가 되기 위해 대학의 컴퓨터 관련 학과에 지원을 했으나 번번이 낙방하고 컴퓨터와 전혀 관계없는 곳에서 마케팅 업무에 종사하게 되었다면 그 사람은 어떻게 해야 할 것인가. 당연히 목표를 마케팅 전문가로 수정해야 할 것이다.

사람은 현실에 맞추어 살아야 한다. 만약 몸은 마케팅을 하는 곳에 있으면서도 마음은 컴퓨터에 있다면 그 사람은 어느 한쪽에서도 성공하여 인정받을 수 없는 실패한 낙오의 삶을 살아가게 될 것은 불을 보듯 뻔하다. 그렇다면 이 상황에서는 빨리 목표를 수정하는 노력이 필요하다. 목표를 수정했다 해서 그 누구도 그 사람을 비난할 수 없다. 목표는 본인이 정하는 것이고 잘못 가고 있으면 빨리 수정하는 게 본인 삶을 더 윤택하게 만드는 일이기 때문이다.

목표를 수정하는 일보다 더 무서운 건 목표가 없는 삶이지 않을까 싶다. 목표가 없는 삶은 난파선을 타고 바다에 떠 있는 삶이다. 목표가 없으니 지향점이 없다. 지향하는 바가 없으니 삶이 무의미하고 팍팍하다.

설마 젊은 시절을 목표도 없이 살아 온 사람은 없으리라 본다. 그래서 다들 이만큼이나마 한 가정을 꾸리고 그 가정을 외부로부터 지키게 된 것인데 문제는 지금부터이다. 일선에서 물러난 지금 무슨 꿈이 있겠느냐고 말하는 사람을 종종 보게 되는데 정말 잘못된 생각이다.

꿈이 없는 삶은 재앙이다. 나이 들었다는 핑계로 목표를 상실한 삶을 산다는 것은 오늘 이후의 인생을 포기한다는 뜻으로 위험천

만한 발상이다. 젊을 땐 큰 포부를 갖고 살고, 나이 들어서는 실현 가능한 조그만 포부 하나쯤은 가졌으면 한다.

꿈을 꾸고 목표를 세우는 것과 나이는 아무 상관관계가 될 수 없다. "단풍 든 숲길에 두 갈래 길이 있다."로 시작되는 「가지 않은 길」로 우리에게 잘 알려진 로버트 프로스트는 그의 작품 중 50세 이후에 발표한 작품이 40%가 넘는다 하지 않는가. 스릴러 영화의 대부로 우리에게 알려진 알프레드 히치콕크는 54~64세에 그의 대표작이 만들어졌으며, 데니엘 디포는 58세에 『로빈슨 크루소』를 발표했다.

『허클베리 핀의 모험』으로 유명한 마크웨인은 49세에 그 작품을 출간했고, KFC의 창업자 콜로넬 샌더스는 65세에 프랜차이즈 모집을 시작했다 하지 않는가. 미국의 실용주의 철학자 존 듀이는 그의 저서 대부분을 60세 이후에 썼고, 바그너는 69세에 유명한 오페라 〈파르지팔〉을 썼다고 한다.

우리나라에도 우리가 본받을 만한 이런 부류의 사람들이 많이 있다. 우리 선조들 중에는 많은 나이에도 불구하고 책을 집필하고 후배를 양성하는 데 앞장섰던 사람들이 수없이 많아 일일이 나열할 수조차 없다.

우리 민족의 한을 유행가에 접목해 토해내는 듯한 가락으로 유명한 가수 장사익 씨는 47세에 첫 앨범을 냈다. 또 한 편의 책으로 우리 역사를 재 고찰했다는 평가를 독자들로부터 듣고 있는 양정석 씨는 그의 나이 65세인 2012년에 『호남의 한』과 『세상유감』이란 두 권의 책을 발간했다. 『호남의 한』은 요즘같이 책이 안 팔리는 시대임에도 불구하고 책이 날개 돋친 듯 팔려 몇 개월간 "교보문고 정치사회분야 베스트 10"을 오르내리는 기염을 토해 무명의 반란을 일으켰다고 한다. 이러한 힘은 어디서 나온 것일까? 책의 내용이 승자와 패자를 떠나 역사 속 깊숙이 숨겨진 진실을 밝히려고 노력하였기 때문이다.

'역사는 승리한 자의 기록'이라고 한다. 물론 패자의 역사도 많이 세상에 나와 있다. 그러나 거의 모든 역사는 승리한 자의 입장에서 역사를 정리하기 때문에 사료 자체가 승자의 것이 많으며 또한 정치상의 목적을 위해 왜곡되거나 단편적인 진실을 기록한 역사 기록을 남기기도 하기 때문이다.

"호랑이는 죽어서 가죽을 남기고 사람은 죽어서 이름을 남긴다."는 말이 있다. 호랑이가 죽은 후 세상에 남아 있는 호랑이 가죽만이 호랑이였음을 말해주듯, 사람의 이름 석 자에는 그 사람의 정체성과 철학이 담겨져 있다. 그 사람이 어떤 일을 하고 얼마나 많은 돈과 권력을 쥐락펴락하며 살다 죽었든 간에 후세의 사람들이 기억하는 것은 그 사람의 이름 석 자다.

아직도 때가 늦지 않았다. 나는 누구이고 어떤 철학을 가지고 한 생을 살아가고 있는지 자문해 보자. 세상을 뒤바꿀 큰 업적은 지금 나이엔 할 수도 없고, 또한 그다지 우리에게 절박하지도 않다. 사소한 것 즉, 붓글씨를 배워 가훈이 될 만한 글을 써 집 안에 걸어 놓는 일이라든지 아니면 집안의 비문을 쓰는 일은 어떠한가? 비문은

돌에 새긴 글이니 내가 이 세상을 떠나더라도 몇 백 년은 족히 세상에 살아남아 숨 쉴 것이다. 우리 같은 범인들이 이름을 남길 수 있는 좋은 길이라 생각한다.

또 흙으로 집을 짓는 법을 배워 황토로 집을 지으면 어떨까? 대대손손 그 집에 살면서 내 이름을 거론하며 고마움을 표시할 것이다. 주위에서 찾아보면 할 수 있는 일은 많다. 후대에 나라는 한 인간을 조망해 볼 수 있는 멋진 삶을 지금부터라도 살아가며 만들어 보자.

사회 초년병 시절, 나이 오십만 넘으면 점심시간에 의자에 앉아 낮잠을 자는 조루증 걸린 선배들을 많이 보아왔는데, 100세 시대를 외치는 지금 그때를 생각해보니 격세지감이다. 우리 시대에 나이는 숫자에 불과하다. 요즘 환갑이나 진갑 잔치를 하는 사람 보았는가? 아니 칠순잔치도 하지 않는다. 그만큼 우리는 나이에 비해 젊어진 삶을 살고 있다는 증거다.

지금은 그룹이 해체되어 역사 속으로 사라진 대우그룹이 김우중 회장은 한때 '세계는 넓고 할 일은 많다'며 세상을 향해 외치며, 도전하지 못하고 주저하는 사람들에게 어서 링으로 올라와 겨뤄보라고 경각심을 심어 주었는데, 나는 인생은 길고 할 일은 많다고 외쳐보고 싶다.

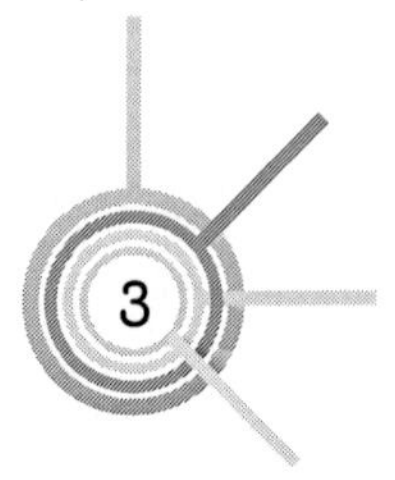

이상을 버리지 말자

어느 책에서 읽었는지 기억이 안 나지만 러시아가 왕정 국가였을 때, 죄수들이 가장 무서워한 형벌은 '벽돌 나르기'였다고 한다. 한 지점에 쌓여 있는 벽돌을 다른 지점으로 옮기게 하고, 다시 원래의 자리로 옮기는 일을 반복하는 일로, 그리스 신화에 나오는 '시시포스'가 겪은 좌절의 고통을 죄수들이 느끼게 만드는 형벌이었다. 어떤 종류의 혹독한 고문도 이겨낼 정도로 의지나 정신력이 강했던 사람일지라도 육체의 고통은 적었지만 이 형벌만큼은 당해내지 못했다고 한다. 그래서 이곳에 수용되어 어느 정도 시간이 흐르면 거의가 미치거나 죽어 버렸다고 한다. 온종일 벽돌을 나르는 일 그 자체만으로도 괴로움이 큰데, 실컷 옮겨 놓은 벽돌을 무의미하게 원래 자리로 되돌려 놓게 만드는 일은 성취의 쾌감을 느끼기도 전에 좌절을 맛보게 해 수형자들의 존재 가치를 송두리째 말살시키는 정신적 고문이었던 것이다. 이쯤 되면, 살아 있다는 사실에 대해 일말의 기쁨은 온데간데없고, 삶 자체에 대한 회의로 확대되어 마음이 피폐해지기 마련일 것이다. 맨손이든 아니면 도구를 사용했든 또는 실수든 사람을 죽이면 살인죄로 처벌받게 된다. 그러나 스모 그처럼 오염된 환경이 간접적으로 사람을 죽음으로 몰고 가는 일에는 일부 환경운동가를 제외하곤 사람들의 관심이 적어 매연을 일으키는 사람들은 살인죄로 처벌할 수 없는 모순(矛盾)된 현실에서 보면 수용소의 관리들은 정신 고문으로 수형자들을 서서히 죽음으로 몰고 가는 행동에 대해 전혀 죄의식을 못 느꼈을지도 모른다.

너와 나 그리고 세상도 이로운 행복한 삶이 되면 얼마나 좋겠는가마는 다른 인간의 불행이 내 행복의 조건이 되어야 하는 이들이 있다면 우리는 그들을 당연히 우리 사회에서 배척해야 한다. 그런 부류의 사람들이 오히려 지식인의 행세를 하며 우리의 지도층에 있다면 우리는 그들의 농간에 삶아지는 미꾸라지처럼 서서히 끓어오르는 물에서 순간의 행복을 느끼다 물이 펄펄 끓어오르면 죽게 되어 추어탕의 재료가 되고 마는 신세가 될 것이다.

명예퇴직이나 정리해고는 한 인간의 삶만 파괴하는 게 아니다. 가정까지 파괴하고 그 파급력은 결국 사회를 병들게 만든디.

그런데도 CEO들은 툭하면 회사를 살리겠다며 손 안 대고 코 푸는 방법 즉, 명퇴에 정리해고 카드를 들고 나온다. 명퇴나 해고를 당한 사람들은 졸지에 나락으로 떨어져 러시아 수용수의 죄수와 같은 처지에 놓이게 된다. 엄밀한 의미로 보면 명퇴자나 해고자를 러시아의 죄수와 비교하는 것은 좀 무리일 수도 있다. 그러나 직장에서 쫓겨난 자들이 처한 상황은 러시아 수용소의 죄수들이 겪는 심리 상태와 전혀 다를 바가 없다.

직장을 잃음과 동시에 지난날 쌓았던 믿음은 허무하게 무너지고 눈앞에는 불신과 불확실한 미래만이 스트레스가 되어 가슴을 가위 눌러 온다. 정신적 고통은 그들을 피폐한 삶으로 몰아가고 한 가정이 풍비박산 나는 건 시간문제다.

백성이 편해야 나라가 평안하다. 바꾸어 말하면 백성이 편안하지 않으면 나라도 평안할 수 없다는 얘기다. 기업도 마찬가지다. 직원들의 마음이 편해야 그 회사가 잘 돌아간다. 직원들의 마음이 편치 않으면 회사도 잘 돌아갈 수 없다는 얘기다. 그런데 요즘 기업들은 수시로 명퇴를 들먹이며 직원들의 마음을 동요시키고 불안하게 만든다. 그러니 직원들에게 애사심은 사라진 지 오래고 어떻게 하면 살아남을 수 있을까가 고민이다.

틈만 나면 회사 생활을 계속할 수 있을까 하는 불안에 직업 전환을 위해 시간을 쏟는다. 결국 이렇게 되면 인간의 한계상 직원들은 몸담고 있는 회사를 위해 기량을 십분 발휘할 수 없게 되고, 회사는 회사대로 인재들의 능력을 100% 제공받지 못하므로 큰 손실이 되어 돌아온다.

경영 개선 노력으로 꼭 직원들을 몰아내는 것만이 능사가 아니라고 말하고 싶다. 최고 경영자들의 진정한 경영 개선 노력 없이 경영 실패를 직원들에게 떠넘기고 자신의 잘못이 아닌 양 하는 태도를 보이며 일말의 죄책감도 못 느끼는 러시아 수용소의 관리자 같은 빵으로 영혼을 파는 CEO가 우리 사회엔 더 이상 존재하지 않았으면 좋으련만 어떻게 된 일인지 현실에선 찾아보기 요원한 일인 것 같다.

그렇다면 우리는 이 난관을 어떻게 대처하고 헤쳐 나가야 할 것인가 심각하게 고민해 보지 않으면 안 된다. "나이를 더해가는 것만으로 사람은 늙지 않는다. 이상을 버릴 때 비로소 늙는다."는 말이 있다. 그렇다. 이 상황에서도 이상을 버리지 말아야 한다. 이상은 드림, 곧 꿈이다.

해고나 명퇴가 나를 죽음으로 몰고 가는 악마의 유혹이 아닌, 조물주께서 내 인생의 나머지는 새로운 세상을 만나 더 멋진 삶을 살라고 주신 보너스라 생각하면 좋을 것 같다. 세상을 달관하려면 지난 일은 빨리 잊어야 한다. 직장에서 해고되었다면 자신의 명예를 회복해 보자고 더 이상 복직이나 소송으로 세월을 낭비하지 말자.

설사 소송을 이겨 복직을 하였다 한들 옛날로 돌아가 아무 일 없었던 것처럼 직장 생활을 영위할 수 있겠는가? 내가 보기엔 절대 아니다. 노노, 노사갈등이 다시 불거지게 되고 그곳에서 직장 생활을 마치는 날까지 왕따에, 승진이며 봉급 책정 등 모든 상황은 자신에게 불리하게 놀아가 하루하루가 지옥 같아 차라리 퇴직하는 것이 좋았다고 후회할 것이 명약관화(明若觀火)한 일이기 때문이다.

그런데도 크레인과 철탑 등에 올라 고공농성을 하는 이유는 무엇일까? 명분 때문일 것이다. 이대로 물러서면 남들이 나를 무능하여 쫓겨났다고 낙인찍는 것이 두렵기 때문에 명분 있게 떠나고 싶었을 것이다.

그러나 명분은 배부른 자들의 체면치레지 당장 먹고살기 힘든 배고픈 서민들이 들먹일 사안은 아니라고 본다. 해고되었다 하여 농성장으로 달려가지 말고 당장 다른 일거리를 찾아보자. 당신이 구겨진 자존심과 명분을 찾는 동안 처자식의 시름과 고통은 더 깊어만 간다.

조물주가 새 삶을 살라 했는데 불행의 씨앗에 매달려 새 삶을 설계하는 일이 늦어진다면 나중에 후회하는 일이 다시 생길지도 모른다. 그땐 행복을 불행으로 몰고 간 자신이 전적으로 책임져야지 누굴 탓할 수도 없는 뼈아픈 고통의 대가를 맛볼 수 있기 때문이다.

사람은 새로운 환경에 적응하는 능력이 강하다. 죽음을 맞이한 말기 암 환자라도 의지가 강해 긍정적이고 낙천적인 사람이 훨씬 오래 살기도 하고, 거기서 한 발 더 나아가 병도 완치된다 하지 않던가.

인간이라면 누구나 한평생 고난과 난관이 없는 평탄한 삶을 원하지만 그게 어디 말처럼 쉬운 일인가. 인생 항로엔 수시로 폭풍우와 격랑이 나타나 사람들을 죽음으로 몰거나 위험에 처하게 만든다. 그때 필요한 것이 내가 살아야 하는 이유 즉 이상이다.

꿈을 이루기 위해 그 꿈을 잃지 말고 역경을 헤친 난파선의 선장으로 우뚝 서 보자.

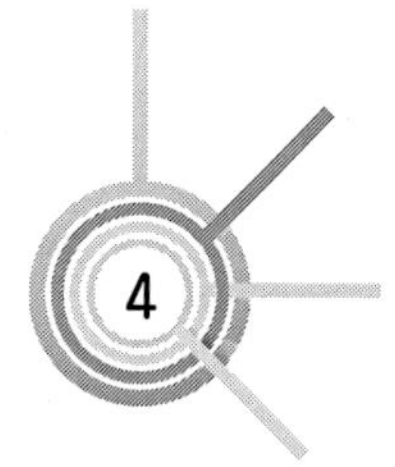

무슨 일이든 공들여 한다면

내가 골프에 발을 들여 놓게 된 것은 지금부터 10여 년쯤 전이었다. 그 당시 내가 다니던 직장은 국내 굴지의 대기업임에도 불구하고 명퇴의 칼바람이 꺼질 줄 모르고 불어 닥치고 있었기에 나도 언젠가는 직장을 그만두어야 할 때가 있을 것이란 가정하에 그 대비책의 첫 번째가 골프를 배우는 것이었다. 그러나 그 시기에 골프는 아직 대중화되지 않은 때였다. 내가 다니는 직장에서도 마찬가지였다. 그러니 직장에서 내가 다른 사람들에 비해 좀 앞서 골프채를 잡았던 것 같다.

직장 생활을 하면서는 사회 돌아가는 것을 제대로 파악하지 못한다. 그래서 퇴근 시간이 되면 주위 사람늘 몰래 조용히 골프 연습장으로 향했다. 그리고 그곳에서 골프 연습을 하며 나보다 한 수 레벨 업 된 사람들과 대화를 나누며 사회 공부를 하고 싶었던 것이다. 그때만 해도 골프는 회사를 운영하는 사장이나 고위 공무원 또는 자영업을 하는 사람들이 주였으니 골프 연습장은 나에게 사회를 배우는 평생교육원이나 다름이 없었다.

그렇게 골프에 매료되어 지내고 있었는데 몇 년 전에 같은 부서에서 일하던 옛 직장 동료로부터 자연환경과 관계없이 전전후로 끊임없이 운동할 수 있는 배드민턴 운동을 권유받아 또 배드민턴에 한동안 푹 빠졌다.

그러나 배드민턴 운동은 격하여 나이든 내 몸에 여러 가지 트러블을 만들었다. 무릎이며 어깨 관절에 무리가 가 문제를 만들고 몸이 아프면 치료하는 동안 운동은 고사하고 실생활을 하는 데도 불편을 주었다. 그래서 배드민턴 운동을 접게 되었다.

초심은 나도 운동장에 나가 친구도 사귀고 꾸준히 운동을 하여 몸을 건강하게 만들어 질 좋은 삶을 살아가는 것이 목적이었는데, 운동이 지나쳐 관절이 망가지면서 남은 생을 힘들게 살지 모른다는 일말의 불안감이 크게 작용한 것이다.

그래서 그동안 골프를 떠나 오랫동안 외도를 했었는데 다시 골프로 돌아왔다. 살인적인 더위도 뒤로한 채 요즘 매일 골프 연습장에 나가 골프 연습을 하고 있다. 골프 연습장에 가면 나와 같은 시간대에 골프 연습을 하는 젊은 사람이 있는데 그중 왼손으로 골프를 치는 사람이 한 명 있다. 오른손잡이인 나와는 서로 맞보며 골프 연습을 하므로 그의 일거수일투족을 다 볼 수 있다.

그런데 내가 여기서 그 사람의 골프 연습 내용을 거론하고자 하는 것은 나름의 이유가 있다. 골프 연습을 두 시간 정도 하는 것 같은데 볼은 한 박스를 못 치는 것이다. 남들 같으면 3~4박스는 거뜬히 치고도 남을 텐데 말이다.

그의 운동하는 모습을 자세히 관찰해 보면 신기하다. 모든 연습을 정석에 맞춰하려고 노력한다. 볼을 하나 치는 데도 절대 서두르지 않는다. 어드레스(Address, 티 그라운드에 서서 볼을 치기 전에 스탠스를 취하고 클럽을 땅에 대고 조정하는 것)부터 배운 대로 자세를 잡으려 노력한다. 그 신중함이란 마치 살얼음판 위를 걷는 사람과 같고 골프공은 계란 다루듯 공들여 정성을 다한다. 골프채를 휘두르고 탄두의 방향과 거리를 확인하고 잘못된 점을 수정하기 위해 다시 어드레스와 스윙을 반복한다. 그래도 자신이 원하는 결과가 나타나지 않으면 이번엔 대형 거울 앞으로 가 빈 스윙을 수십 차례 반복하여 스윙 자세를 고치고 다시 타석에 들어선다. 그의 골프 연습 장면을 처음 봤을 때는 고지식하다 생각되어 답답하기 짝이 없었다.

하루는 그 사람의 연습 방법이 하도 신기해 작정하고 그에게 말을 걸어 보았다.

"왜 그렇게 신중하다 못해 답답하게 연습을 합니까?"

돌아온 대답은 무엇이었을까? 그의 지론은 정확히 맞추지도 못하는 공 열 박스를 치면 무엇 하냐는 반문이었다. 그 한마디에 찔리는 구석이 있어 나도 모르는 사이 말문이 막혔다.

운동에서 연습이란 어떤 의미를 내포하고 있는가? 반문해보면 거기에 답이 있다. 연습을 열심히 한다는 것은 두 가지 측면의 효과를 얻을 수 있다. 하나는 몸을 건강하게 만드는 것이며 다른 하나는 경기력을 향상시키는 일이다.

그런데 나는 그동안 연습을 잘못하는 바람에 몸은 건강해졌는지 모르지만 실력은 향상시키지 못했다. 남들과 똑같은 시간을 들였음에도 불구하고 절반의 성공을 거둔 비효율적인 운동을 한 것이다.

그의 실력은 얼마나 될까? 놀랍게도 한 게임에 80타 이하를 치는 싱글플레이어란다. 구력을 비교해 보니 나보다 짧다.

창피함을 느끼기에 앞서 내 보잘 것 없는 자존심을 건드리는 사건이었지만 구겨진 자존심을 되찾기 위해서라도 그동안의 내 운동 방식부터 반성하기로 했다. 매일 치는 골프공이지만 아침저녁으로 틀리고 어제와 오늘이 다른 것이 골프 스윙이어서 프로 골퍼들도 골머리 싸매고 매일 연습하며 교정한다지 않는가. 배웠으면 곧바로 실천해야 한다. 그게 지혜로운 사람이다. 어느덧 나도 그를 닮은 골프 연습을 하고 있다.

세상을 살아가며 항상 느끼는 일이지만 골프뿐만 아니라 모든 일을 함에 있어 공들여 정성을 다하면 그 결과가 꼭 보상으로 나타난다는 것이다.

지난 2012년은 우리나라 국회의원을 뽑는 총선과 대통령을 선출하는 대선을 치른 중요한 한 해였다. 중요한 선거가 연거푸 있었기 때문에 가장 바쁜 곳은 선거관리위원회였을 것이다. 선관위는 선거와 국민투표의 공정한 관리, 정당 및 정치자금에 관한 사무를 처리하기 위하여 설치된 국가기관이다.

나는 운 좋게도 한시적인 일이었지만 총선 기간 동안 내가 살고 있는 지방의 도선관위에서 선거를 준비하고 관리하는 선관위의 폭주하는 업무를 보조하는 일을 했었다. 국회의원 선거 기간 동안 나이도 잊은 채 정말 내 일처럼 열심히 일을 했다. 그 결과 그때 같이 일했던 직원들의 신임을 얻어 대선 기간 동안에도 다시 그곳에서 일을 하게 되는 행운을 얻게 되었다. 그리고 정말 열심히 일한 대가로 대통령 선거가 끝난 후 그 기관의 장으로부터 표창장을 받게 되었다.

그때 만일 내가 하는 일이 정식 업무도 아닌 일시적이고 하찮은 일이다 생각하여, 대충대충 적당히 시간만 때우다 월급날이 돌아오면 봉급이나 받아가면서 책임감 없이 업무를 끝마쳤다면, 그 기관으로부터 어떻게 열심히 일한 공로를 인정받아 표창장을 받을 수 있었겠는가 자문해 본다.

나이 든 나에게 표창장은 무용지물일 수 있다. 그러나 나를 아는 누군가 한 사람만이라도 나를 본보기로 삼아 인생 항로를 헤쳐 가는 방법에 수정을 가한다면 그것으로 대만족이다. 오늘 당장 하찮은 일이라 마음에 안 드는 일을 꼭 해야만 한다 해도 절대로 대충하지 말자. 공손히 그리고 성심과 성의를 다하고 정성을 들인다면 그 일로 인해 좋은 결과를 얻을 것이다.

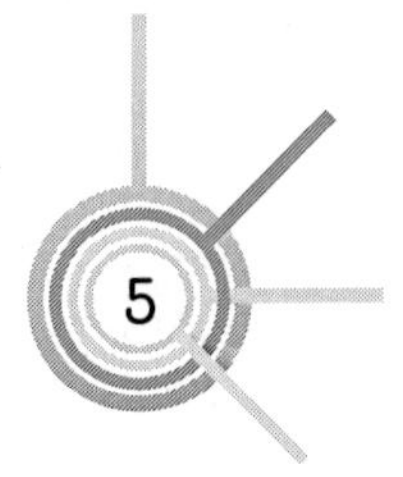

인생 이모작이 필요하다

중국 위나라의 선비 동우는 '삼여지설(三餘之說)'이라 하여 '밤은 낮이 남겨 놓은 여분의 시간이고, 비 오는 날은 맑은 날이 남겨 놓은 여분의 시간이며, 겨울은 한 해가 남겨 놓은 여분의 시간이다. 이러한 여분의 시간에는 사람들의 일이 다소 한가로워져 마음을 하나로 집중해 독서할 수 있는 좋은 때'라고 말했다.

좀 엉뚱하지만 나는 '삼여지설'에 독서와는 전혀 관계없는 한 가지 덧붙이고 싶은 말이 있다. "중년은 일생이 남겨 놓은 여분의 시간이다."라고. 이 여분의 시간은 마음이 한가로워져 내가 원했던 삶을 살아 갈 수 있는 좋은 기회라고 말하고 싶다.

일선에서 물러난 당신의 여분의 시간은 어떤 모습인가? 추수가 끝나 황량하기 그지없는 생기 잃은 들판일 것이다. 그러나 언제까지 휑하니 핏기 없는 빈 들판을 바라보며 센티한 감정만을 앞세워 인생의 무상함을 논할 것인가?

그것은 정말 인생 백세시대를 대처하지 못하는 너무도 가치 없는 삶이 될 것이다. 농장에 이모작이 필요한 시기가 바로 지금인데, 왜 화려했던 지난날만 회상하며 현실과 동떨어져 향수병을 앓는 사람처럼 멍하니 먼 산만 바라본단 말인가.

아무리 화려한 과거를 가졌다 한들 과거는 과거일 뿐 현실의 대안은 될 수 없다. 과거가 화려할수록 꿈을 꾸듯 현실에 적응 못하고 과거로의 회귀를 원하지만 인간에게 과거로 돌아갈 수 있는 능력은 아쉽게도 조물주로부터 부여받지 못했으며, 과학문명이 제아무리 발달했어도 과거로 회귀할 타임머신은 세상에 없다.

사람들로부터 존대받지 못하고 항상 남 밑에서 인생을 살아온 사람들에 비해 사회에서 자신은 어느 정도 직위가 있고 출세했다 생각하는 사람일수록 현실에 쉽게 적응 못해 힘들어 하는 게 사실이다. 나 자신의 눈높이를 보통 사람들과 똑같은 위치로 낮춰야 되는데 피둥피둥 살찐 뒷목에 기름기가 남아 있어 경직되어 쉽지 않다. 기름기를 빨리 빼야 불편함 없이 이웃과 소통하며 함께 어울려 살 터인데 말이다.

추수가 지난 들판에 미련을 두지 말고 과감하게 갈아엎어 보자. 아직도 생계를 위해 돈이 필요하다면 보리를 심을 것이며, 돈에서 조금이나마 자유로울 수 있다면 다른 작물을 심어 보는 것도 괜찮을 것 같다.

사실 어렸을 때 꿈이 현실로 이어져 한 생을 산 사람은 극히 드물 것이다. 대통령이 되겠다는 엉뚱하고 비현실적인 꿈이 아닌 간호사, 교수, 과학자, 직업군인, 공무원 등 어린 시절 꾸던 소박한 꿈마저 이루기란 쉽지 않다.

우리는 대학에 입학할 때도 특기나 적성보다 실력에 맞춰 과를 선택했었다. 그러니 우리의 직업은 당연히 내가 원하여 선택한 것이 아니고 학교에서 배운 게 그것이니 적성이나 꿈과 관계없는 어쩔 수 없는 선택이었고, 최선도 차선도 아닌 직업으로 일생을 보내게 되었던 것이다. 몸에 맞지 않는 옷을 입고 거리를 활보하는 불편함을 평생 느끼고 살면서도 딸린 식구를 먹여 살려야 한다는 미명하에 참고 또 참으며 살아 온 것이 아닌가.

그러나 이제 우리는 일선에서 물러난 중년이다. 이 시점에서 도도히 흐르는 역사의 물줄기를 바꾸고 세상을 바꾸겠다는 원대한 꿈은 필요치 않다. 여분의 시간을 위해 등산을 가고 친구를 만나 한담을 나누며 시간을 보내는 것도 하나의 삶의 방편임에 분명하다. 그러나 사람으로 태어났으면 후손들에게 이름 석 자와 족적을 남기는 멋진 계획을 가져보면 어떨까?

내 인생의 여분의 시간을 어떻게 활용하는가에 따라 그 계획은 달성될 수도 있고 달성되지 못할 수도 있다. 순전히 그것은 각 개인의 의지에 달려 있다. 젊은 시절과 달리 시간은 남아돌아간다. 그렇다면 이제부터라도 어렸을 적 꿈을 실행해 보라고 권하고 싶다.

글을 읽고 쓰기를 좋아하던 나의 어렸을 적 꿈은 문학가였다. 그러나 나 역시 학창 시절의 전공이 전기전자이다 보니 평생을 통신과 관련된 일을 하며 보냈다. 그러던 차에 나이 52세에 다니던 직장에 명예퇴직 제도가 생기자 자진하여 명퇴를 하고, 어렸을 때 꿈꾸었던 문학가가 되기 위해 피 터지게 10년 동안 부족한 공부를 책 읽기를 통하여 하며 글을 쓰고 있다.

작가 말콤 글래드웰이 쓴 『아웃라이어』에 소개된 "1만 시간의 법칙"이 있다. 다니엘 레빈틴이라는 신경과학자가 창시한 이론으로 어떤 일에 목표를 가지고 그 뜻을 이루고자 할 때에는 1만 시간을 투자해야 그 성과를 맛볼 수 있다는 것이다. 성공은 한 우물을 1만 시간 동안 파 들어가는 노력이 만든다는 것이다.

그는 지금까지 성공한 다양한 분야의 전문가들을 살펴보면 대개 한 가지 일을 최소한 1만 시간 넘게 했다는 공통점이 있다고 말했다. 가진 것도, 운도, 그리고 백그라운드마저 기대할 수 없는 사람들이 성공을 거머쥐려면 1만 시간 이상을 부단히 노력해야 한다는 것이다. 맞는 말이다. 어떤 일이든 1만 시간을 투자하면 상위 5% 내에 들지 않겠는가.

1만 시간이란 하루에 3시간 정도 투자하면 10년 정도 걸리는 시간이다. 중년의 우리가 결실을 볼 수 있을지 아닐지 알 수 없는 그 긴 시간을 내가 왜 투자해야 하냐고 반문하는 사람도 있을 것이다. 그러나 그렇지 않다고 나는 주장하고 싶다.

나는 살면서 1만 시간의 법칙을 몸소 체험한 사람이다. 내가 붓글씨를 정식으로 스승으로부터 사사받기 시작한 것이 2005년 가을이었고, 전국대회에서 대상을 받은 해가 2008년 봄이었으니 정확히 2년 9개월 만에 전국대회에서 대상을 받은 것이다. 거의 3년이란 세월을 설과 추석 당일 단 이틀간만 손에서 붓을 놓았을 뿐, 평일은 하루에 최소 3시간 이상을, 그리고 국경일과 공휴일, 토요일과 일요일은 보통 7~8시간 이상을 붓글씨 쓰는 데 시간을 할애했다. 그러니 내가 대상을 받은 건 1만 시간의 법칙을 봐서라도 당연하지 않은가.

우리는 젊은 사람들과 달리 하루에 맘만 먹으면 3시간의 두 배의 시간도 투자할 여력이 있다. 그렇게 생각하면 투자 연수는 4~5년으로 줄어든다. 도자기를 굽든 아니면 그림을 그리든 또는 붓글씨를 쓰든 하루에 5시간만 투자하면 5년 내에 상위 5% 안에 들 수 있는 실력을 쌓을 수 있다는 얘기다. 내 실력이 상위 5% 이내에 든다는 것은 나도 전문가란 뜻이다. 그렇다면 친구 만나고 술 마시고 손자 보는 시간을 아껴 내가 원하는 일을 하는 데 조금만 투자한다면 말년에 전문가로 대접을 받으며 살 수 있을 것이다.

인생 이모작에서 1만 시간의 법칙은 통한다. 우리 모두 지금 바로 어린 시절 꿈을 현실로 끌어와 그 꿈을 실현해 보자.

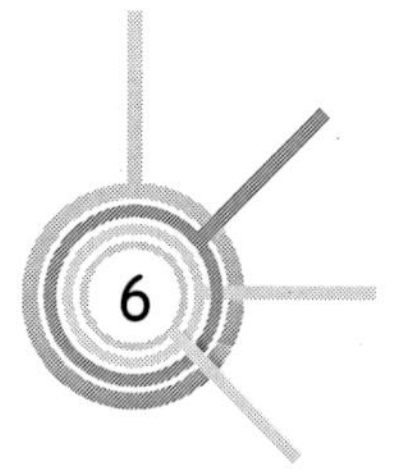

평생 공부만이 살길이다

공부는 늦춰서도 안 되고 성급하게 해서도 안 되며 죽은 뒤에야 끝나는 것이다. 만약 공부의 효과를 빨리 얻으려고 한다면 이 또한 이익을 탐하는 마음이다. 공부는 늦추지도 않고, 서두르지도 않으면서, 평생 동안 꾸준히 해나가야지 그렇게 하지 않고 탐욕을 부린다면 부모가 물려준 이 몸이 형벌을 받고 치욕을 당하게 만드는 것이다. 그러므로 사람의 아들이라고 할 수 없다. 율곡전서 자경문(自警文)에 나오는 말이다.

인간은 태어나면 근본적으로 먹고사는 문제에서 자유로울 수 없기에 형이하학적인 삶을 살아가지만 동시에 형이상학적인 욕구를 충족하기 위해 부단히 노력하며 살아간다. 그래서 사람은 동물과 달리 먹는 문제를 해결하면 어떻게 하면 좀 더 질 좋은 삶을 살아갈 수 있을 것인가를 고민하게 된다. 그러므로 동물과 사람은 먹지 않으면 목숨을 연명할 수 없는 운명을 타고 났지만 삶의 방식엔 큰 차이를 보이고 있는 것이다.

그러면 우리는 동물과 같은 삶을 살지 않기 위해서 어떻게 삶의 질을 높여야 할 것인가? 단순하게 생각하면 그럭저럭 짧은 한 생 내키는 대로 살다 가면 되지 않을까 생각도 해보지만 그것은 동물적인 삶이지 만물의 영장인 사람으로서의 삶은 아니다.

과연 질 좋은 삶을 살기 위해 우리는 살아가면서 어떤 노력을 해야 될까? 평생 공부만이 답이라 생각된다. 예나 지금이나 우리나라 같이 학구열이 높은 나라도 지구상에 없을 것이다. 그 원인을 반추해 보면 간단하다. 예나 지금이나 무엇보다 학문을 통해서만이 부와 명예를 얻을 수 있는 길이 그것도 지름길이 열렸기 때문이다.

얼마 전까지만 해도 우리는 '개천에서 용 난다'는 말을 자주 했다. 그때까지만 해도 집이 가난해도 공부 잘하여 좋은 대학을 나오면 출세할 수 있는 희망이 있었다는 뜻이다. 그러나 지금은 어떤가? 개천에서 용 나기란 낙타가 바늘구멍에 들어가는 것만큼 힘든일이 되었다. 돈이 없으면 과외고 학원이고 다니기 힘들다. 설령 좋은 대학에 진학한다 해도 학비를 벌기 위해 아르바이트를 하느라 공부할 시간이 턱없이 부족하다.

우리나라에서 일류대학이라 자타가 공인하는 S대학에 진학하는 학생들의 대부분은 강남의 부자 동네에서 나온다. 그 의미가 무엇을 뜻하는지 여기에 굳이 기술하지 않아도 여러분은 이해할 것이다.

학문을 하는 이유는 사람답게 사는 법을 알고 깨달아 이를 실천하는 데 있음을 잊고, 오로지 눈에 보이는 이익과 그에 따른 목표만을 지향해 간다면, 공부가 몸이 고달픈 공사판에서 막노동하는 일보다 더 힘들게 느껴질 것이다. 그런 의미에서 요즘 청소년들이 겪고 있는 입시와 취업 스트레스도 한 부류일 것이다.

공부란 『자경문』에 나오는 것처럼 평생 동안 꾸준히 하여 가며 마음을 수련하여 깨달은 마음을 몸소 실천하여 세상을 이롭게 하는 일임을 명심하였으면 한다.

우리는 화초 하나를 키우기 위해서도 온갖 정성을 다 기울인다. 씨앗을 뿌리고 주기적으로 물을 주고 새싹이 돋아나면 햇빛과 물과 온도를 적당히 맞춰주고 벌레로부터 보호해 준다. 화초를 위해 시간을 할애하고 온갖 정성 다 들여야 한다. 하물며 사람은 더 말할 나위 없지 않은가?

갓난아이의 마음은 하얀 백지와 같다. 하얀 백지 위에 어떤 그림을 그리느냐는 부모나 주위 환경이 매우 중요하다. 유화, 수채화, 수묵화 혹은 채색화, 어떤 기법을 사용하여 그림을 그릴 것인가는 주위 환경에 따라 달라진다. 아이가 장차 커 나가면서 백지 위에 채울 그림은 그가 커가면서 무엇을 어떻게 배웠는가에 따라 채워지는 내용이 달라질 것이다. 주위에 책을 읽을 수 있는 환경을 만들고 또 훌륭한 선생을 만날 수 있는 여건을 일찍부터 만들어 준다면 그 아이의 장래는 밝을 거라고 생각한다.

산전수전 다 겪은 우리가 이제 해야 할 일이 한 가지 있다. 공부만이 살길이다 생각하고 무슨 교육이든지 받아 지식을 쌓는 일이다. 우리는 나이가 먹어 감에 따라 수많은 지식이 뇌리에 축적되어 있는 것 같지만 그와 반비례해 모르는 것이 더 많다는 것을 항상 피부로 느끼게 된다. 그것이 인간의 한계다.

그러므로 질 좋은 노후를 위해서라도 평생 공부만이 살길인 것이다. 우리나라도 이제 모든 분야에 선진화된 시스템이 잘 갖추어져 있다. 교육 시스템도 마찬가지여서 본인이 원하기만 하면 교육을 받을 곳은 많다. 대학마다 평생교육원이 있고, 돈이 비싸 평생교육원에 다니는 게 부담이 간다면 교육비가 실비인 복지관 같은 곳에 가면 엄청난 종류의 질 좋은 강의를 들을 수 있다. 또한 박물관이나 시민단체 같은 곳을 확인해 보면 유익한 정보를 얻을 수 있는 강의도 많다. 게을러서 또는 정보의 부재로 각자의 견문을 넓힐 수 있는 기회를 아깝게 놓치고 있을 따름이다.

할 일 없이 빈둥거리며 쇠털같이 많은 날들을 허송세월하지 말고 새로운 지식을 쌓아 올려라. "공부도 때가 있다."는 옛말은 이제 통용되지 않는다. 물론 제때에 공부 열심히 하여 정상적으로 엘리트 코스를 밟아 간다면 더할 나위 없겠지만 내가 여기서 주장하고 싶은 것은 공부는 때가 있다 하여 또는 나이 먹었다 해서 책을 멀리하지 말라는 것이다.

젊었을 땐 힘이 있고 기억력도 좋아 두뇌 회전이 빨라 공부하기 좋은 시기임은 확실하다. 그러나 나이가 들면 힘도 달리고 순발력도 떨어지고 기억력은 말할 나위도 없지만 이해의 폭은 넓어져 무슨 문제든 받아들이는 속도는 빨라진다.

사람의 두뇌는 자극을 멈추면 급속히 퇴보해 간다는 말이 있다. 두뇌를 계속 쓸 것인가? 아니면 방치해 둘 것인가? 두뇌를 늙게 하는 일은 본인의 의지에 달려 있다. 그럼에도 사람들은 나이나 기억력이 예전 같지 않다는 핑계 아닌 핑계를 대며 두뇌운동 즉, 공부를 게을리 한다.

지난날 살아오면서 간절히 원했으나 시간이 없어 또는 가정과 직장에서의 구속으로 못 했던 일이 있다면 다시 공부해 보자. 일선에서 물러난 우리는 남는 게 시간이지 않은가? 그 시간을 잘 활용한다면 얼마든지 평생 동안 공부를 할 수 있고 그 지식을 활용해 사회에 보탬이 되는 일을 해 보고 내 손자 손녀만이라도 가르쳐 그들의 앞날에 초석을 깔아주는 일을 해 보는 게 어떨까 싶다.

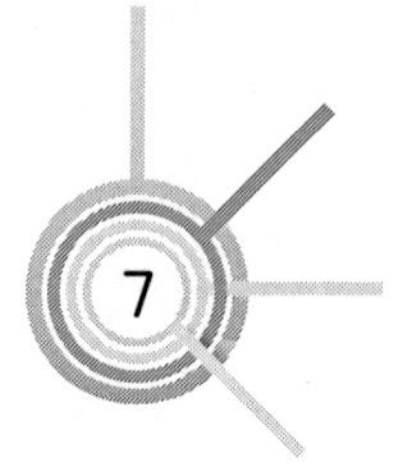

인문학이 필요한 시대

인문학은 인간의 언어, 문학, 예술, 철학, 역사 따위를 연구하는 학문으로 그중에서도 문사철(文史哲)이 대표 학문으로 지성인이 기본적으로 갖추어야 하는 교양을 의미한다.

요즘 대한민국에는 인문학이 죽었다는 극단적인 표현을 하는 사람들이 많다. 대학에서 인문학 강의가 어느 순간부터 사라진 탓이리라. 대학의 서열화에 따른 정부의 지원 정책이 가져온 폐단이 인문학을 대학에서 몰아내게 하는 불쏘시개 역할을 하지 않았나 생각해 본다.

얼마 전 취업이 잘되는 학과는 신설하고 취업이 잘되지 않는 학과를 폐지하겠다고 나선 대학 당국들에 맞서 학생들이 학과를 폐지하지 말라고 데모하는 것을 보았다. 어쩌다 우리 사회가 여기까지 왔는지 이해가 되지 않는다. 취업률이 낮은 학과는 이제 대학 정상화라는 경영 논리에 따라 대학에 남아 있을 명분이 사라져 버렸다. 그래서 학생들이 인문학 공부를 하고 싶어도 할 수가 없다.

대학의 설립 목적은 과연 무엇인가? 인격을 도야하고, 사회 발전에 필요한 학술 이론을 연구하고 가르쳐 학생들이 졸업 후 많은 분야에서 사회에 이바지함을 목적으로 한다는 등 여러 가지 목적이 있겠지만 궁극적으로는 그 분야에 최고인 전문인을 양성하는 데 있지 않나 생각된다.

그런데 작금의 실태는 어떠한가? 대학이 전문인을 양성하는 일보다는 취직을 얼마나 많이 시켰느냐에 초점이 맞춰져 있다. 학교의 존재 이유를 질 좋은 교육의 심오함에서 찾는 것이 아니라 영리를 목적으로 하는 기업에서나 찾을 법한 건실한 경영의 잣대로 들여다보고 있으니 전말이 전도되었다고 봐야 할 것이다. 대학이 훌륭한 인재 양성보다는 건실한 경영에 초점을 맞추다 보니 취직이 안 되는 학과는 폐지하게 된 나머지 다양한 인재 양성보다는 취업을 목적으로 한 직업학교로 바뀐 느낌이다.

백년대계라는 문교정책이 흔들리는 탓이다. 왜 우리의 문교정책을 입안하는 사람들은 제대로 된 정책 하나를 입안하지 못하는지 알다가도 모를 일이다. 땜질식으로 정책을 입안하기 때문에 몇 년 가지 않아 바뀌고 또 바뀌는 현실은 그 피해의 직접 당사자인 학생들뿐만 아니라 우리 사회에도 직간접적으로 큰 영향을 끼친다는 것이다.

최고 지성이라는 대학을 취업 성적에 따라 서열화한다면 차라리 직업학교로 바꿀 것이지 왜 대학으로 놓아두는지 모르겠다. 취직 잘되는 학과만 남겨놓고 나머지 과는 다 폐지하면 운영비도 적게 들고 경영 성과도 아주 좋아질 텐데 말이다.

민족이 있으면 반드시 그곳엔 역사와 문화가 존재한다. 사람들은 동물이 아니기에 그 역사의 흐름 속에는 삶의 애환이 깃든 그들만의 철학도 또한 존재한다. 역사와 문화와 철학은 인간이 이 지구상에 남아 있는 한 공존한다. 과거가 없으면 현재도 없고 현재가 없으면 또한 미래도 없다. 이 당연한 이치를 모르는 사람은 아무도 없다. 그런데 우리는 외계로부터 하루아침에 한반도에 나타나 삶을 영위하는 것처럼 과거를 중시하지 않는다.

역사 과목이 수능에서 사라지니 학생들은 당연히 역사 공부를 등한시한다. 학문을 시험의 합격 또는 출세의 수단과 결부시키는 현실, 이익을 얻기 위한 도구에 불과하니 걱정이 앞선다. 역사와 문화 그리고 철학은 돈과도 바꿀 수 없는 값진 것들이다. 한 민족의 역사의 발달은 문화로부터 시작된다. 문화가 없는 민족은 미래가 없다.

한때 말을 잘 타던 솜씨 하나로 뭉친 유목민들의 집단인 몽골족이 중앙아시아를 평정하였고, 서양을 정벌하여 중국에서 아드리아해에 이르는 동서양에 걸친 대제국을 이룩했었다. 그러나 지금의 몽골족을 보라. 그들에겐 초원을 찾아 수없이 옮겨 다녀야 하는 삶을 살아야 하는 운명의 땅에서 태어난 유목민이라 그런지 문화가 없다. 그러다 보니 이웃 어느 나라에서도 넘볼 수 없는 대제국에서 지금의 빈국 몽골이란 초라한 나라가 된 것이다.

그에 반해 유태인들은 어떤가. 정착할 땅이 없어 오랜 세월 동안 유랑의 길을 걸어야 했던 그들의 보이지 않는 손이 세계를 움직이고 있다. 그들의 철두철미한 교육은 20세기에 이르러 세계적으로 640여 명의 노벨상 수상자 중 유태 민족이 121명이나 된다 하지 않는가. 유태인의 철저한 교육이 만들어 낸 문화가 세계를 지배하고 있다고 해도 과언이 아니다.

반만년의 유구한 역사를 자랑하는 한국은 어떤가. 노벨상을 수상한 사람이 겨우 한 명인데 그것도 흠집을 못 내 안달인 사람들이 많다. 제대로 된 문교정책 아래 나라의 발전을 위한 진정한 학문을 우리 후손들이 할 수 있다면 우리나라도 머지않아 유태 민족처럼 수많은 노벨상 수상자를 배출하지 않을까 생각해본다. 그러나 그 길은 아직도 요원한 것 같다. 학문이 아직도 시험의 당락과 출세의 교두보 역할을 하고 있는 이상 말이다.

중국은 동북공정으로 일본은 위안부나 독도 문제 등으로 있는 사실 그대로 말하지 않고 역사 왜곡에 혈안이 되어 있는데, 그 일을 보고도 우리는 강 건너 불구경하듯 너무나 태연자약하다. 무지해서 그렇게 대응하는 것일까? 아니면 알고도 '설마 너희들이 뭘 어찌 하겠어. 역사는 진실인데.' 라고 안일하게 생각하는 것일까?

그러나 역사는 세월이 흐르면 자꾸만 땅속으로 묻히게 되어 있다. 어떤 문제가 돌출되면 그때그때 대응을 해야지 그렇지 않으면 왜곡된 역사가 진실의 역사를 덮어 버린다. 그때 가서 어찌할 것인가? 늦기 전에 제대로 대응해야 한다. 그러려면 국민들의 역사의식도 높아져야 되고 역사도 제대로 알고 있어야 한다. 역사를 제대로 알지 못하는 민족은 애국심이 사라지게 되어 있다. 민족의 자긍심이 없는데 무슨 애국심이 필요할까.

나라를 살리려면 인문학이 필요하다. 역사뿐만 아니라 문화와 철학도 필요하다. 춘추전국시대의 공자, 맹자와 송나라의 주자 그리고 고려시대의 학자 안향부터 길재까지 또한 조선시대의 학자 조광조, 서경덕, 이황, 이이, 이익, 정약용, 그리고 간재 전우까지 우리의 스승으로 다시 모셔야 한다.

여기에 열거한 학자들은 모두 역사 속의 훌륭한 인물들이라 누구나 잘 알고 있지만 역사의 사각지대인 근대사에 포함된 간재 전우(1841~1922) 선생의 생애에 대해선 모르는 사람이 많다.

간재 전우는 조선 후기의 성리학자로 본관은 담양(潭陽)이다. 그는 헌종 7년 전주에서 태어나 14세에 서울로 이사했으며, 1882년(고종 19년) 선공감감역·강원도도사, 1894년 사헌부장령, 이듬해에는 순흥부사·중추원찬의에 제수되었으나 나아가지 않았다. 당시 개화를 주장하는 무리들에게 자신은 이씨왕조의 신하이며 공자를 배우는 유자임을 강력히 주장하여 그들로부터 미움을 사게 되었고 특히 박영효, 이승욱 등은 선생을 수구(守舊)의 괴수로서 개화에 방해한다 하여 죽일 것을 주청하기도 하였다.

1905년 을사늑약이 체결되자 소(疏)를 올려 을사늑약에 서명한 오적을 기군매국지적(棄君賣國之賊)으로 규정하고 그들의 목을 베어 신인(神人)의 분노를 씻어줄 것을 간청했다. 그러나 고종은 가내지언(嘉乃之言 너의 말이 아주 좋은 말이다.)이라 비답(批答)을 내렸음에도 끝내 기강을 바로잡지 못하였다. 1910년 한일합병 이후에는 "도(道)가 통하지 아니함을 한탄하시고 배를 타고 우리나라로 오려 하였다."는 공자의 뜻을 취(取)해 해도(海島)로 들어갔다.

그 후 지금의 부안·군산 앞바다에 있는 조그만 섬을 옮겨 다니면서 강학(講學)하여, 나라는 망하더라도 도학을 일으켜 국권을 회복하고자 주장했다. 72세에 계화도(界火島)에 정착하여 섬 이름을 계화도(繼華島)라 개칭해 부르면서 죽을 때까지 수많은 제자를 양성했으며 60여 권에 이르는 저서를 남겼다.

그의 학문적 성향은 정통의 유학사상을 실현시키고자 했던 점에서 조선 최후의 유학자로서 추앙받고 있지만, 선생의 처신에 대한 후대 사람들의 평가는 서로 대조를 이루고 있다. 즉 나라가 망해도 의병을 일으키려 하지 않았고 파리장서(巴里長書)에도 참가하지 않았다고 하여 일부 사람들로부터 비판을 받기 때문이다. 하지만 이러한 비판에 대해 선생은 『추담별집』을 통해 국치에 목숨을 버리는 것보다 학문을 이루어 도로써 나라를 찾아야 한다고 주장하며, 국권을 회복하겠다고 외세와 손을 잡으면 나라를 회복하기 이전에 내 몸이 먼저 이적(夷狄)이 되는 것이라는 꿋꿋한 기상의 논지로 반박했다.

우리나라는 독립국가다. 그러나 말이 국권을 회복한 것이지 아직도 외세에 영향을 받고 있다. 그런 점에서 볼 때 간재 선생의 말씀을 되새겨봐야 할 것이다. 21세기에 무슨 공자 말씀이냐고 한다면 그건 그릇된 판단이다. 오늘날같이 물질문명이 판을 치고, 이기가 극에 달한 상황에서는 옛것으로 돌아가 피폐해진 정신세계를 개혁하는 일이 가장 우선이라고 본다.

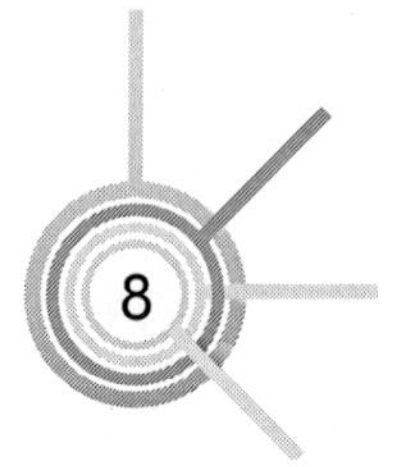

스마트폰은 도깨비방망이

2013년 6월, 미국시장조사회사 스트래티지 애널리틱스(SA)의 보고서에 의하면 지난해 우리나라의 스마트폰 보급률이 세계 1위라는 기사를 본 적이 있다. 그러나 연령별로 분석한 자료를 보면 55세 이상의 연령층에선 25%만이 스마트폰을 사용한다는 통계다. 그렇다면 나머지 75%의 사람들은 휴대폰이 없을 리는 없고 스마트폰이 아닌 일반 폰을 사용하고 있다는 말이다.

55세 이상의 연령층에서 스마트폰을 사용하지 않는 가장 큰 이유는 무엇일까? 당연히 통신요금이 비싼 것이 첫째 이유일 것이고, 두 번째 이유는 기능이 너무 많고 복잡하여 사용하기 불편해서일 것이다.

어렸을 때 동화책에서 읽었던, 어떤 소원도 다 들어주는 금 나와라 뚝딱! 도깨비방망이 이야길 기억할 것이다. 그 도깨비방망이가 성인이 된 우리 앞에 다시 나타났다면 무슨 소리냐고 반문할 것이다. 그 도깨비방망이가 바로 스마트폰이다.

나는 우리의 어떤 소원도 다 들어주는 스마트폰을 경제적으로

영 쪼들리지 않는다면 사용하라고 권하고 싶다. 나이 먹은 우리가 통화만 잘하면 된다는 생각은 버려야 한다. 어찌 보면 젊은 사람보다 나이 든 사람들에게 더 유용한 게 스마트폰인지도 모른다.

젊은 사람들이야 생활해 나가는 데 총기가 있어 기억력으로 어느 정도 커버를 할 수 있는데 비해 나이 든 사람들은 젊은 사람들에 비하면 기억력이 현저히 떨어져 일상생활에 지장을 느끼게 되어 있다. 그때 꼭 필요한 게 스마트폰이다. 왜? 스마트폰에는 메모장이 있기 때문이다.

스마트폰만 있으면 수첩과 펜을 별도로 거추장스럽게 준비하고 다닐 필요가 없다. 여행을 다니거나 문화재 또는 유적을 만났을 때 또는 메모가 꼭 필요한 때 스마트폰에 내장된 메모장을 사용하면 된다. 자료가 많아 메모하는 것이 번거롭다면 사진으로 촬영해 두면 좋다. 요즘 스마트폰엔 고화질의 해상도를 가진 카메라가 내장되어 있어 아주 편리하다. 생생한 현장감을 원한다면 내장된 비디오카메라 기능을 사용하면 되고, 녹음도 가능하여 필요히다면 언제든지 버튼만 누르면 원하는 내용을 녹음할 수도 있다.

또한 일정표가 있어 저장만 해 놓으면 계획된 일을 할 때가 왔다고 정확한 시간에 알려준다. 비서가 따로 필요 없다. 스마트폰만큼 똑똑한 비서는 이 세상에 없다. 이런 똑똑한 비서를 채용해 사용한다면 꽤 높은 연봉이 필요하지 않을까 생각해 본다.

그 외에도 계산기, 사전, 고속도로 정보나 버스 정보, 지하철 노선 정보 등이 있고 무료 앱만 받아 깔면 내비게이션도 무료로 사용할 수 있다. 휴대폰 거치대를 차에 장착하여 스마트폰을 내비게이션 대용으로 간편하게 사용할 수 있다. 일반 내비게이션은 구입한 뒤 일 년이 지나면 업그레이드 비용을 추가해서 받는 데 비해 스마트폰 앱은 무료라 추가 비용도 필요 없다. 이 하나만으로도 경제적이다.

컴퓨터 기능을 하니 인터넷 서핑도 가능하고, 궁금한 게 있으면 바로 즉석에서 사전을 찾아 해결할 수 있다. 영어, 영영, 국어, 일본어, 한자사전 등등 사전의 종류도 다양하다.

현대인에게 기억력은 공부하는 학생이나 특수한 일을 하는 사람을 제외하고는 그다지 중요치 않다. 지식은 인간의 머릿속보다 인터넷에 더 많이 저장되어 있다. 그러므로 누가 더 정확한 정보를 기억해 내느냐가 중요한 게 아니라, 누가 더 빨리 그리고 정확하게 원하는 자료를 찾아낼 수 있는 역량이 있는가가 중요한 세상이 되었다. 국가공인 '인터넷정보검색사'란 자격증이 여기에 해당한다.

폰뱅킹이나 증권 등을 실시간 사용할 수 있는 유용한 앱도 많아 나는 그 앱을 사용하며 항상 편리함에 고마움과 감사함을 느끼는데, 감당할 수 없는 나이라면 권하고 싶진 않다.

내 위치를 알려주는 지도나 객지에 갔을 때 내 주변의 음식점이나 명소 등을 알려주는 기능도 사용하면 유용하다. 라디오. DMB TV, 유튜브, 비디오나 음악 플레이어 앱을 사용하면 홀로 장거리 여행할 때 무료함을 달랠 수 있어 유용하다. 트위터나 페이스북은 필요에 따라 사용하면 되는 것이고, 채팅 기능이 있는 카톡(카카오톡)

은 무료 문자를 사용할 수 있는 곳이기에 당연히 사용하는 게 도움이 된다.

내가 아는 한 분은 나이가 팔십 가까이 되어 가는데, 복지관에서 스마트폰 사용법을 배우더니 지금은 카카오톡을 아주 잘 활용하고 있다. 유용한 정보나 음악 그리고 안부를 묻는 메시지를 보내올 때마다 처음엔 어찌나 신기하던지 나이 든 것을 상상하며 대단하다는 생각이 들었는데, 연세와 관계없이 스마트폰을 잘 활용하는 것을 보고 누구든지 배우면 유용하게 쓸 수 있다는 생각이 들게 되었다.

모바일 고객센터에 들어가 보면 내 사용 정보가 실시간으로 상세히 나와 있다. 음성/영상, SNS/MMS(문자), 데이터로 구분되어 내 요금제에 맞게 사용하고 있는지를 수시로 확인하여 사용량 조절을 할 수 있어 요금 폭탄을 사전에 방지할 수 있는 기능도 있다.

자! 스마트폰 사용을 겁내지 말자. 사용법을 모르면 주위 사람들에게 배우고 또 배워라. 그것이 싫다면 가까운 복지관에 나가면 일마든지 유능한 선생을 모시고 즐겁게 배울 수 있다.

복잡하고 귀찮다 하여 배우지 않는다면 그만큼 당신은 뒤처진 삶을 살며 편리한 문명의 혜택을 누리지 못하고 살다간 사람 중 한 명이 될 것이다.

우리 시대에 주어진 편리한 도깨비방망이를 외면하지 말자. 금 나오라고 터치만 하면 우리 앞에 황금덩이보다 더 귀중한 정보를 가져다주는 스마트폰을 멀리할 이유가 전혀 없다.

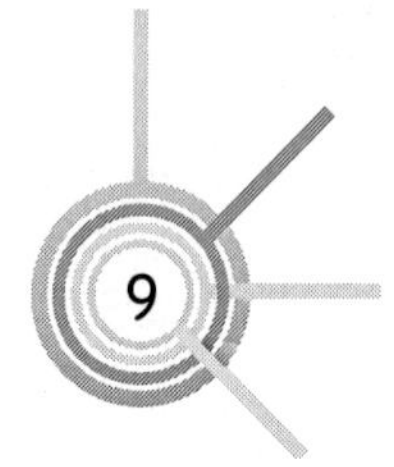

복지관을 가까이 하자

우리나라의 복지정책은 나날이 발전하고 있다. 그동안은 선별적 복지정책이었다면 지금은 보편적 복지 쪽으로 방향을 전환하고 있는 것 같다. 우리나라의 일인당 국민소득이 2만 불을 넘겨 선진국의 문턱에까지 진입했으니 국민들이 복지정책에 관심을 갖는 것은 당연하고, 여기에 발맞추어 정치권에서 복지정책에 관심을 기울이고 정책에 변화를 꾀하는 일은 바람직한 일이라고 생각된다.

얼마 전, 진영 복지부 장관이 제18대 대통령 선거의 핵심 공약이었던 기초연금 공약 후퇴에 스스로 책임을 지겠다며 사표를 낸 일이 있었는데, 복지정책이 우리의 현실에 뜨거운 감자로 가까이 다가왔음을 확실히 느낄 수 있는 일대 사건임이 분명하다.

'선별적 복지'란 일정 수준의 형편 이하의 사람들에게 선별적으로 복지 혜택이 돌아가게 하는 정책이고, '보편적 복지'란 말 그대로 부자든 가난한 사람이든 상관없이 모두에게 그 혜택이 골고루 돌아가게 하는 복지정책이다.

지금 복지정책은 과도기인 것 같다. "보편적 복지는 포퓰리즘이다. 보편적 복지를 하기엔 우리나라가 처해 있는 현 실정으로는 이르다.”며 선별적 복지를 주장하는 사람들도 있고, “무슨 소리냐. 국민소득이나 나라의 위상으로 보아 이제는 보편적 복지정책을 실현할 때이다.”라고 주장을 하는 사람들도 있어 논쟁의 한가운데 서 있는 국민들만 혼란이 크다.

선별적 복지든 보편적 복지든 세금과는 바늘과 실의 관계다. 복지의 질과 양의 수준이 올라감에 따라 증세도 불가피해진다. 일반 국민들이 증세를 어느 선까지 인내해 주고 감내할 수 있는가가 문제인데, 세금을 조금 내고 복지 해택을 많이 받는 국가의 국민들의 삶은 파라다이스(Paradise)에서의 삶일 것이다. 그러나 파라다이스 국가는 기대도 할 수 없는 모순이기에 지구상 어느 나라에서도 생겨날 수 없는 상상조차 할 수 없는 일이다.

영국 케임브리지 대학교의 장준하 교수는 아산정책연구원에서 주최한 제4회 미래강좌에 참석해 고령화라고 하는 누구도 예측하지 못한 요인이 정확한 복지정책의 수립과 시행을 더욱 이렵게 만든 거라며 “올바른 복지정책을 수립하는 일도 결국 미래를 정확히 예측하는 것에서 출발합니다.”라고 말했다는 신문기사를 읽은 일이 있다.

정책 입안자들의 편견 없는 현실 인식과 미래에 대한 정확한 예측에 입각한 현명한 판단을 기대해 본다. 어쨌든 내 좁은 소견은 어떤 복지정책을 쓰든 나라가 발전할 수 있는 좋은 방향으로 나가야한다고 본다.

선별적 복지든 보편적 복지든 복지 논란은 오늘도 가중되고 있지만 보편적 복지 쪽으로 흘러가는 것만은 확실하다. 그 근거는 우리 주위에 있는 복지관에 가보면 알 수 있다.

내가 살고 있는 완주군에도 가까운 곳에 주민들을 위한 종합복지관이 있는데 연간 계획을 세워 수강생을 모집하고 있다.

수강생 모집 분야를 보면 소득경제, 교양취미, 동아리 등 총 40여 개 과목이다. 주요 프로그램으로는 취업·창업 등 소득경제에 도움이 되는 것으로 성폭력 예방전문가를 비롯해 재무설계, 컴퓨터 자격증반(엑셀·파워포인트), 미술치료사, 캘리그라피, 리본아트, POP, 전통 떡 만들기, 냅킨공예, 동화구연지도사, 압화, 천연비누&천연화장품, 아이 옷 만들기, 쌈지퀼트, 의류제작 및 리폼, 고색 한지공예, 일식조리사, PC정비와 유지관리, SNS(트위터, 구글, 스마트폰, 페이스북) 등이다.

또한 주부 및 노인들의 여가 선용과 건강관리를 위한 교양취미 프로그램으로는 웃음치료, 풍수지리, 댄스스포츠(실버), 난타, 노인요가, 오카리나, 요가(일반), 컴퓨터 왕초보, 통기타 교실, 우쿨렐레 등이 마련돼 있다. 이 외에도 동아리로 풍물, 서예 등을 통해 공감대를 이룰 수 있는 프로그램도 있다.

종합복지관은 주민들의 체력 증진 향상을 위해 게이트볼장, 체력단련실, 탁구장 등을 상시로 무료 개방하고 있고, 동절기(12월~익년 3월)에는 관내 거주 65세 이상 어르신들을 위해 찜질방도 운영하고 있다. 또한 참여자의 편의 제공을 위해 무료 셔틀버스도 운행하고 있다. 지역민들이 프로그램에 참여하는 데 있어 재료가 필요한 곳을 제외하곤 거의 무료 아니면 실비다.

프로그램의 정규 과정이 끝나면 방과 후 학교 및 지역아동센터에 취업 또는 자원봉사를 할 수 있는 기회도 생기게 된다.

이곳에서 시행하는 프로그램이 전국에서 똑같이 시행된다고 볼 수는 없으나 전국의 복지관 운영 프로그램은 대동소이하지 않을까 생각한다.

조금만 시간을 할애하여 복지관에 가면 여름엔 시원하고 겨울엔 따스한 교실에서 훌륭한 스승을 만나 배울 것도 많고 친구도 사귀고 시간도 보내기 좋은데, 무엇 때문에 무료한 시간 달래려 나라에 도움이 전혀 안 되는 지하철 여행을 하고 공원에 앉아 하루를 소일하는 비생산적인 활동을 하는지 안타깝기만 하다.

젊은 시절엔 한눈을 팔고 싶어도 처자식도 먹여 살려야 하고 직장에선 일인자가 되어 승진도 해야 하는 치열한 경쟁 속에 뒤처지지 않기 위해 바쁜 일상생활이다 보니 원하는 일을 헤보고 싶어도 어찌해 볼 도리가 없었다. 그러나 지금은 다르다. 젊은 시절 부족하기만 했던 시간은 많아졌다. 나이가 들어감에 따라 무슨 일이든 실행하여 성취하고 싶은 욕망은 줄어든 게 사실이지만 그래도 남아도는 시간을 잘 활용해보자.

남들이 눈독 들이지 않는 분야의 공부를 해보자. 많은 사람들이 원하는 쪽의 공부보단 가능하면 생소한 분야의 공부를 하는 것이 좋을 것이다. 왜냐하면 남들도 다 아는 지식은 하다못해 무료봉사나 재능기부를 하려 해도 경쟁이 치열하기 때문에 그 전공을 활용해 시간을 보내기가 쉽지 않기 때문이다. 그러나 생소한 분야는 남과 활동 무대가 겹치지 않아 내 생활 영역이 자동으로 넓어져 치열한 경쟁이 필요 없는 순탄한 노후를 보낼 수 있다.

아직도 늦지 않았으니 젊은 시절 꼭 해보고 싶었던 일을 배우고 익혀 사회에 나가 재능기부를 해보자. 느슨해진 몸과 마음엔 사명감이 묻어나고 얼굴엔 생기가 돌아 당신을 한층 더 젊게 만들 것이다.

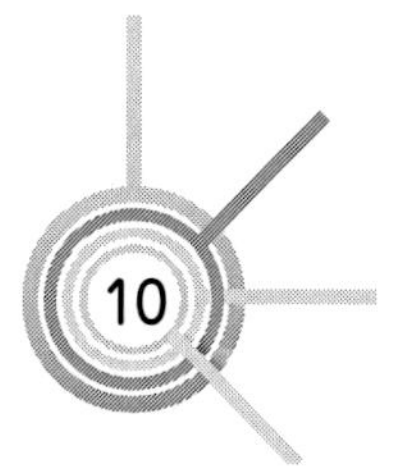

도서관과 친구가 되자

당송팔대가의 한 사람인 송나라 구양수(歐陽脩)는 삼상(三上)이 공부하기에 제일 좋은 곳이라며 침대 위, 말 위, 화장실 위의 세 곳을 칭하였다. 그러나 사실 따지고 보면 침대 위처럼 책 읽기 힘든 곳도 없다. 나는 침대 위에 항상 책이 놓여 있지만 책 한 장 넘기기가 더디기만 하다. 그도 그럴 것이 침대에 누워 책을 펼쳐 봤자 글을 한 줄도 읽지 못하고 잠이 드는 일이 다반사(茶飯事)이기 때문이다.

화장실 위에는 바쁜 생활에 쫓겨 허둥지둥하고 말 위라면 몰라도 전철 안이나 버스에서 읽는 책은 집중이 안 돼 심도 있게 책의 내용을 파악하며 읽을 수가 없다.

그렇다면 이 말이 현대인에게 주는 교훈은 무엇일까? 어떤 여건 하에서도 공부를 위해 손에서 책을 놓지 말아야 한다는 의미가 아닐까 생각해 본다.

우리나라 최초의 백과사전 성격을 띤 조선 선조 때의 학자인 이수광(李晬光)이 지은 『지봉유설(芝峰類說)』에는 글을 읽을 때는 마음과 눈과 입, 이 세 가지가 그곳에 머물러 있어야 한다는 내용이

있다. 눈으로 글을 똑바로 쳐다보며 입으로 정독을 해 나가야 마음
에 깨달음을 빨리 얻을 수 있다는 이야기다.

우리 선조들이 『사서오경(四書五經)』을 읽는 모습이 눈에 선하다.
오늘의 현실에 맞지 않는 독서법이지만 오늘날 우리에게 시사하는
바는 크다. 공부할 땐 몸과 마음을 경건하게 하여 집중하라는 경고
인 셈이다.

고전이 된 선조들의 글귀가 피부로 와 닿지 않는 현대를 살아가
는 우리지만 그러나 그분들이 던진 화두에는 언제나 현대인도 피
해갈 수 없는 명쾌한 진리가 숨어 있는 게 사실이다. 그러므로 다
양화된 사회에 다양화된 삶을 사는 우리는 새로운 학문을 원하고
새로운 기술을 위해 새로운 스승이나 신간서적을 찾아 읽고 살지
만 고전 또한 결코 무시해선 안 되는 것이다.

학문을 쌓기 위해서는 그 분야의 전문가를 스승으로 모시고 공
부를 하면 제일이다. 그러나 그 분야의 석학을 직접 만나 보기가
쉽지 않다. 그렇다면 어떻게 해야 할 것인가? 책을 만나는 일이다.
전문가가 쓴 책은 많다. 도서관에 가면 내가 원하는 서적을 얼마든
지 만날 수 있다.

한 분야의 책을 50권 정도 읽으면(저자가 각기 다른) 그 분야의 지
식을 가진 사람들의 상위 5% 안에는 들지 않을까 생각한다. 책 읽
는 습관을 갖자. 처음부터 많은 양의 책을 읽으려 하지 말고 시간
나는 대로 책을 접하다 보면 독서의 양이 늘어나며 취미도 붙을 것
이다.

책은 되도록 돈 내고 사서 보라고 권하고 싶다. 책이 내 서재에 꽂혀 있어야 그 속에 담긴 중요한 내용을 간과하지 않고 언제나 끄집어내어 편리하게 되새김질할 수 있기 때문이다. 그러나 책을 사서 보는 일이 경제적으로 허락이 안 된다면 시간 나는 대로 도서관에 들르자. 크고 작은 도서관은 우리 주위 이곳저곳에 산재해 있다. 서재에 진열되어 있는 책을 아이쇼핑을 하자. 백화점에서 아이쇼핑을 하다 보면 물건을 사고 싶듯이 책도 아이쇼핑을 하면 한두 권쯤은 읽고 싶은 책도 보일 것이다.

그곳에선 또 소리 없이 공부하거나 책 읽는 사람도 보게 될 것이다. 초등학생부터 머리 희끗한 노인들까지 모여들어 열심히 공부하고 자료를 찾는 것을 바라보면 뭔가 내 마음이 동요되는 느낌을 받을 것이다.

책 읽는 습관을 들인다는 것은 무척 어려운 일이다. 담배 피우는 사람이 금연하면 금단현상으로 고통을 받듯이 처음에 독서하는 습관을 들이기는 TV, 컴퓨터, 인터넷 등등 주위의 유혹을 물리치기 쉽지 않아 정말 힘들다. 책 한 권만 읽어도 그 책에서 받은 감명에 뭔지 모를 뿌듯함을 느끼는데 말이다.

우리의 스승은 책이고 도서관은 인생 후반을 위해 우리가 다니는 학교다. 그렇다면 학교와 스승은 내 집과 가까우면 가까울수록 좋지 않을까 싶다.

나는 운 좋게도 내가 사는 집에서 5분 거리에 완주군에서 운영하는 작은 도서관이 하나 있다. 올봄에 준공된 완주군립영어도서관이 그곳이다. 영어 도서 9,000여 권을 포함해 국내서 및 전자자료 2만 1천여 권의 장서를 보유하고 있다.

이 도서관은 1층에는 종합자료실, 어린이자료실, 영어체험관, 장난감도서관, 북카페, 2층에는 영어자료실, 동아리실, 공부방, 사무실을 갖추었고, 공공도서관의 지식정보제공, 교육문화프로그램 운영, 커뮤니티 센터로서의 역할에도 충실하면서도 영어, 다문화자료 등 특성화된 자료와 프로그램을 운영하고 있다. 다양한 책과 영어 체험 프로그램을 통해 자연스럽게 자라나는 새싹들이 영어와 친숙해지도록 가교 역할을 하는 것이 이 도서관의 지향하는 바이다.

어린이를 위한 영어도서관이지만 성인들이 볼 수 있는 다양한 장르의 책도 꽤 많이 보유하고 있다. 그래서 성인들도 영어 공부나 개인적인 공부 또는 독서를 하기 위해 이 도서관을 많이 이용하고 있다. 가끔 작가들이 북 콘서트를 열어 독자와 만나는 시간을 이곳에서 가지므로 작가와 만나 책에 대한 대화도 나눌 수 있다.

대한민국 로컬푸드 1번지이며 책 읽는 지식도시를 지향하는 완주군엔 공공도서관 5곳, 작은 도서관 7곳, 학교도서관 3곳 등 15개의 도서관이 있는데, 2개 읍엔 4곳 그리고 11개 면 지역에도 도서관이 하나씩 들어서 있다. 그리고 길거리에 방치된 공중전화 부스를 개조하여 책을 진열해 놓고 버스를 기다리는 사람들이 짬을 내어 편리하게 책을 읽을 수 있게 하였으며 부스 안에 비치한 기록지에 자신의 신상 내역을 남기면 누구라도 책을 집으로 가져가 읽은 후 제자리에 돌려놓을 수 있는 편리한 제도로 운용하고 있다.

그러니 책을 좋아하는 나는 완주군에 살고 있음을 큰 자랑으로 생각한다. 자칭 '바보군수'라 칭하며 군정을 책임지고 이끌어 가는 군수님과 완주군민을 위해 열심히 일하는 모든 공무원분들이 하나가 되어 현명한 군정을 펼친 결과라 생각되어 완주군민의 한 사람으로서 감사하고 고마울 따름이다.

그런데 문제는 소장된 책의 수량이 적어 내가 원하는 책이 부족하다는 것이 흠이다. 그래서 원하는 책이 없으면 승용차로 10여 분 정도 걸리는 전주시립송천도서관을 자주 이용하는데, 책을 다독하다 보니 그곳에서도 원하는 자료를 더 이상 얻을 수 없게 되어 지금은 전주에서 제일 큰 도서관으로 눈을 돌리고 있다.

이제는 학문을 하는 사람들이 왜 영어로 된 두툼한 원서를 구입해 읽는지 그 이유를 조금은 알 수 있을 것 같다. 내 좁은 상식으로 내린 결론은 국내에는 전공서적이 그리 많지 않다는 것이다.

책은 언제나 조건 없이 우리 곁으로 달려와 우리의 무지함을 깨우쳐주는 위대한 스승과 같은 존재다. 자, 이제부터라도 독서로 인생의 견문을 넓혀보자. 문화재청장을 지낸 유홍준 교수는 『나의 문화 답사기』에서 아는 만큼 보인다고 말하지 않았던가. 인생도 마찬가지, 내가 아는 만큼만 보이는 게 인생사이지 싶다.

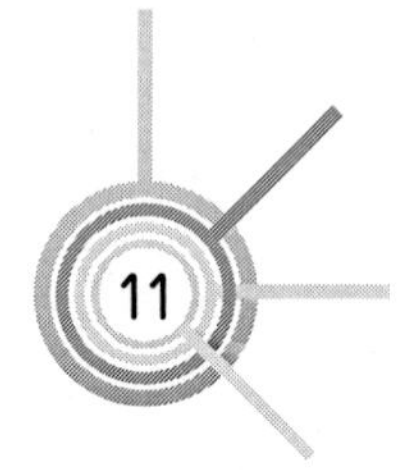

새로운 친구를 사귀려 노력하자

맹자는 만장이 벗에 대해 물었을 때 "나이 많은 것을 의지하지 말고, 지위가 높은 것을 의지하지 말고, 형제들의 힘을 의지하지 말고 벗을 사귀어야 한다. 벗이란 것은 그 사람의 덕을 사귀는 것이니, 의지하려고 사귀어서는 안 된다."라고 답했다.

그러면 어떤 친구가 진정한 친구일까? 진정한 친구는 부모와 같이 의지할 수 있고 형제와 같이 괴로움을 함께할 수 있으며 스승과 같이 배울 수 있어야 하지만 결코 처음부터 돈이나 권력 때문에 의지하려고 사귀어서는 안 된다는 것이다.

친구라면 누구나 맨 먼저 죽마고우(竹馬故友)를 생각한다. 어렸을 때부터 대나무로 만든 말을 타고 놀던 벗이란 뜻인데 사실 죽마고우란 말이 생겨나게 된 사연을 보면 우정 어린 애끓는 내용보다는 마음이 아픈 내용이다.

진(晉)나라 간문제 때 환온과 은호라는 사람이 살고 있었다. 환온은 이미 장군이었고 은호는 고향에서 은둔하고 있었다. 진왕 간문제는 세력이 커져가는 환온을 견제하기 위해 은호를 불러 건무장군에 임명했다. 은호와 환온은 어릴 때 친구 사이였으나 은호가 벼슬길에 나가게 되자 둘은 정적이 되고 말았다. 진나라는 중원 땅을 회복하고자 은호를 중원장군에 임명했고 은호는 그 싸움에서 대패하게 되었다. 환온은 기다렸다는 듯이 은호를 규탄하는 상소를 올려 그를 변방으로 귀향 보낸 뒤 "은호는 나와 어릴 때 죽마를 타고 놀던 친구였지만, 내가 죽마를 버리면 언제나 은호가 가져갔지, 그러니 그가 내 밑에서 놀아야 하는 것은 당연하지 않은가."라고 말했다 한다. 그 후 환온은 끝까지 은호를 외면하고 만나지 않았다고 한다.

슬픈 이야기다. 그런데도 우리는 가까운 친구를 일컬을 때 죽마고우란 말을 많이 사용한다. 죽마고우란 네 글자 속에 담긴 이러한 깊은 사연을 안 사람이라면 죽마고우란 말을 쉽게 쓸 수 없었을 것 같다.

친구 중에 가장 친한 친구는 고등학교 때 사귄 친구들이 으뜸인 것 같다. 초등학교나 중학교 때 성숙하지 않은 감정으로 만나서 그런지 친구들을 만나는 게 왠지 어색하게 느껴진다. 그와 반대로 대학교 친구들은 철든 나이 때 만난 사람들임에도 불구하고 가까이 하기가 쉽지 않다. 가까운 주위에 초등학교 친구들이 살고 있고 동창회 모임도 있어 참석하란 초청도 받으므로 마음만 먹으면 자주 나가 만날 수 있는데도 몸과 마음이 쉽게 따라주질 않는다.

그러나 고등학교 친구들은 30년이 넘게 지속적으로 만나고 있다. 나만 만나는 게 아니고 부부 동반으로도 자주 모여 친구들 집에

밥숟가락이 몇 개 있는지도 훤히 알고 있을 정도다. 그냥 만남 자체가 순수하다. 물론 개중엔 사회생활을 열심히 하여 부를 축적한 사람도 있고 출세한 사람도 있지만 대개는 사는 수준도 비슷하고 인생관도 거의 엇비슷하다.

그러다 보니 사적인 이익을 얻으려 특별히 어떤 일을 부탁하기 위해서 만난다거나 친구들의 덕을 좀 보기 위해서 만나는 일은 거의 없다. 말 그대로 '너는 네 것 먹고 나는 내 것 먹고 내 멋대로 살으리랏다'인 셈이다. 그러니 만남 자체가 쿨하여 오래 지속되는 것이다.

문제는 사회생활을 하며 사귀는 친구다. 인생의 쓴맛 단맛 다 보고 말 그대로 산전수전에 공중전까지 겪어 본 나이에 사회에서 친구를 사귄다? 참 어려운 일이고 어릴 적 고향 친구처럼 깊은 관계도 맺을 수 없다. 그러나 깊이가 깊지 못한 친구 즉 지인이라도 꾸준히 사귀어야 한다는 게 내 지론이다.

우리는 어려서부터 친구는 가려 사귀어야 한다고 귀가 따갑도록 부모로부터 들으며 자라왔다. 철모르는 어린 시절엔 행여 자식이 나쁜 친구의 꼬임에 빠져 잘못된 길로 들어서 인생을 망칠 수도 있다는 일말의 불안한 심리가 작용한 때문이었으리라. 그러나 성인이 되면 어느 정도 사리 판단을 할 수 있는 나이이므로 친구를 가려서 사귈 필요는 없다고 생각한다. 본받을 만한 사람이든 아니면 뭔가 부족한 사람이든 또는 나와 의견이 일치가 잘되지 않는 사람이라도 사귀어 두면 나쁠 게 없다고 본다.

요즘 사람들은 사회의 변혁에 따라 이웃과 단절된 삶을 살아가고 있어 외롭다. 사회가 과학과 문명의 발달로 산업화되고 고도화되면서 다른 사람과 관계를 맺어야 할 일이 별로 없기 때문이다.

농경사회에서야 사회 구조가 남의 힘을 빌리지 않으면 살아남을 수 없었다. 그러나 산업사회에 사는 우리는 남의 도움을 받을 일이 그렇게 많지 않다. 모든 일은 혼자서도 처리할 수 있는 시스템으로 변했다. 내가 원하는 건 인터넷만 들어가면 다 얻을 수 있다지 않은가.

그러나 인간의 삶이란 사람 사이의 관계에서 시작하여 관계로 끝나게 되어 있다. 아무리 혼자 할 수 있는 일이 많다지만 인터넷에서도 정보가 필요하고 그 정보를 얻기 위해선 결국 평상시 자기가 인프라로 구성해 놓은 사람이란 인적자원이 필요하다는 것이다.

그래서 하는 말인데 일상생활에서 사람을 사귀기 힘들다면 온라인에서라도 친구 사귀는 일에 게을리하지 말라고 권하고 싶다. 온라인에서 사귄 사람들도 친구다. 그 사람과 취향이나 추구하는 성향이 같지 않다면 그곳에서마저 친구가 되지 못했을 것이다. 서로 감정이 통한다는 것은 오프라인에서 만나도 충분히 실생활에서 친구가 될 수 있는 충분조건이 된다.

인터넷카페든 페이스북이든 온라인에서 사귄 친구를 오프라인에서 접할 수 있는 길을 항상 모색해야 한다. 그 길은 취미가 같은 사람들이니 어떤 계기로 오프라인에서 모임이 있을 때 참석하여 서로의 공통된 관심사를 이야기하다 보면 좀 더 친근한 사이가 되기 때문이다. 온라인에서 만나던 사람을 오프라인에서 만나게 되면 오래된 친구처럼 곧바로 친근감이 느껴지는 게 사실이다. 요즘은 온라인으로 만난 사람끼리 친구가 되고 더 나아가 서로 사랑도 싹터 결혼까지도 골인한 사람들도 있다.

현대인은 외롭다. 그래서 취미를 같이 할 수 있는 친구는 정말 소중하다. 친구를 사귀는데 시간이나 장소에 구애받을 필요도 없고 온라인이나 오프라인을 구별할 이유도 전혀 없는 시대다.

중년 이후 질 좋은 삶을 위해선 취미를 같이 할 수 있는 친구는 필수다. 취미 활동을 같이 하며 시간을 보내고 밥 한 끼 나눌 수 있는 친구가 없다면 얼마나 쓸쓸하고 삭막한 노후가 될까 하는 생각이 든다.

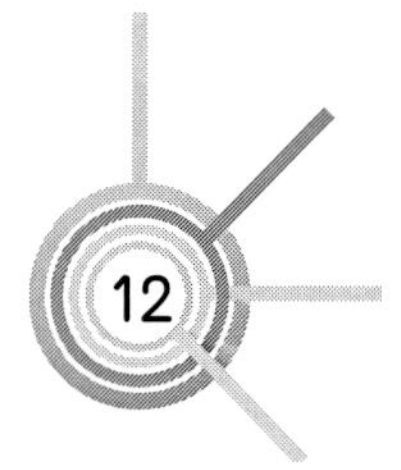

약속은 많으면 많을수록 좋다

약속을 한자로 쓰면 '約束'이다. 묶을 약, 묶을 속이다. 약속을 지키기가 얼마나 어려웠으면 묶고 또 묶어야 지켜진다고 보았을까. 아무리 묶고 또 묶어도 약속도 약속 나름이어 굳은 약속도 있는가 하면 허울뿐인 공약도 있다.

약속에는 세 종류의 약속이 있다.

하나는 자신과의 약속이고, 다른 하나는 개인과 개인 즉 남과의 약속 그리고 마지막은 여러 사람(대중)과의 약속이다. 대중과의 약속은 특수한 경우에 하는 경우이므로 번개로 치고 위 두 약속 중 어느 약속이 더 중요할까 하고 질문을 던진다면, 어떤 사람은 자기와의 약속이고, 또 어떤 사람은 남과의 약속이 더 중요하다고 대답할 것이다. 그때의 상황이나 경험에 따라 대답은 달라지겠지만 내가 보기엔 나와의 약속이 더 중요하다고 본다. 나와의 약속을 제대로 지켜야 남과의 약속도 잘 지키리라 믿기 때문이다.

대중과의 약속은 특수한 위치에 처한 사람들이 일방적으로 하는 경우가 많다. 즉 상대방과의 합의에 의해서 약속을 하는 게 아니라

주로 정치인이 자신과 이해관계가 있는 대중을 향해 일방적으로 하는 약속이어서 굳은 약속이라기보다는 실현성이 적어 공약(公約)이 아닌 공약(空約)일 경우가 많아 믿을 것이 못되는 약속이므로 허울뿐인 공약으로 봐야 할 것이다.

우리의 지도층이 공약(空約)을 남발하는 사회를 어떻게 보아야 할까. 당연히 불신의 사회가 되어 사회 통합이 제대로 될 리 없다. 한 가지 공약(公約)을 내놓더라도 꼭 지킬 수 있는 공약을 내놓아 지도자들이 국민의 신뢰를 얻는다면 믿고 사는 사회 밝은 사회가 되지 않을까 생각해 본다.

그렇다면 개인과 개인의 약속은 어떨까? 이 경우는 상대나 나의 의지에 의해 합의된 약속이기 때문에 한 사람의 일방적인 약속과는 다르다. 당연히 꼭 지켜야 할 의무가 있다. 아무리 사소한 약속이라도 약속은 약속이니 꼭 지켜 상대에게 신의를 저버리게 해서는 안 된다.

우리 선조들은 신의를 중히 여기는 민족이었다. 그렇기에 태조 이성계는 도읍을 한양에 정하고 4대문을 만들어 유교에서 말하는 사람이 갖추어야 하는 도리 곧 인(仁), 의(義), 예(禮), 지(智)를 넣어 대문의 이름을 짓고, 신(信)이 들어 있는 보신각을 도성의 한복판인 종로에 두어 도읍의 기본을 갖추지 않았던가. 그만큼 신(信)을 중히 여긴 것이다.

'믿을 신' 자는 人+言으로 구성되어 있다. 그러므로 사람을 믿는다는 것은 그 사람의 말을 믿는다는 것이다. 그래서 말과 행동이

다르면 믿을 수 없는 사람이라 일컫고 이중인격자로 취급당하게 되므로 약속은 절대 절명의 불가항력적인 일이 닥치지 않는 한 꼭 지켜야 한다.

나와의 약속은 어떤가. 내 인생에 가장 중요한 영향을 끼칠 수 있는 약속이 나와의 약속이다. 그러나 그 중요성에 비해 가장 지키기 어려운 게 나와의 약속이 아닌가 싶다.

모든 약속은 상대성이 있다. 대통령이나 국회의원 그리고 선출직 자치단체장들의 약속 이행여부는 국민들이 주시하고 있고, 사사로이 개인 대 개인의 약속도 상대가 있어 약속을 지킬 때까지는 자유롭지 못하다. 허나 나와의 약속은 약속의 대상이 나이기 때문에 사사로이 얽매일 필요가 없다. 지켜도 그만, 안 지켜도 그만이다. 그래서 작심삼일(作心三日)이란 말도 생겨났을 것이다. 나와의 약속은 의지의 문제다. 독기를 품어야 약속을 지킬 가능성이 있다.

춘추전국시대 오나라 부차가 아버지의 원수를 갚기 위해 와신(臥薪)한 일과 월나라의 구천이 빼앗긴 나라를 되찾으려 상담(嘗膽)한 일을 일컬어 '와신상담(臥薪嘗膽)'이란 고사성어로 만들어졌고, 이 네 글자는 지금까지 남아 우리에게 교훈을 주고 있다. 사실 뗄삼 위에서 잠을 자거나 쓰디쓴 동물의 쓸개 맛을 보는 이러한 비장한 각오는 아무나 할 수 있는 성질의 것은 아니라고 본다. 그러나 일반의 보통 사람들에게도 그런 정도의 각오는 있어야 사사로운 약속일지라도 나와의 약속을 지킬 수 있을 것이다.

나와의 약속을 지키기 위해선 나와의 약속을 남들에게 알리는 방법도 괜찮다고 생각한다. 즉 카카오톡의 내 프로필의 상태메시지에 나와의 약속을 기록해 두는 것이다. 그러면 수많은 카카오톡 친구들이 내 약속을 알게 되므로 내가 꼭 지켜내야겠다는 의지가 강해진다.

나는 올해 도전 독서 52권이 목표다. 안철수나 박경철 등 다독한 사람들이야 일 년에 백 권은 목표도 아니겠지만 사실 한 해 동안 책을 쓰며 하는 독서량치고는 나한테는 벅찬 목표였다. 그래서 처음에는 목표를 달성하지 못하면 어쩌나 하는 불안감이 있었으나 나와의 약속을 카카오톡 친구들에 공표하고 열심히 노력한 끝에 올해 목표를 충분히 달성하고도 남을 것 같다.

젊은 시절, 내가 나 자신에게 했던 사소한 약속들을 항상 실천하고 고쳐 나갔다면 지금 내가 살아온 길에 분명 변화가 있었을 것이다.

100세 시대 우리가 살아갈 날은 아직도 창창하다. 그렇다면 오늘부터라도 자기와의 약속을 지속하고 지켜 나가라. 젊은 날에 비해 자기와의 약속을 안 지켜 인생이 크게 뒤바뀔 정도는 아니겠지만 남은 인생에 진보가 있을 것이다.

내가 살아 있다는 존재감을 느끼는 건 다른 사람들과의 관계에 있고 그 관계의 끈은 약속에 있다. 인간관계의 지속을 위해 약속하고 또 약속하라. 나와의 약속뿐만 아니라 타인과도 말이다. 약속이란 많으면 많을수록 좋다.

그리고 남들과의 만남의 약속이라면 날짜를 가까이 잡지 말라. 오늘 즉시 바로 만나야 할 긴급함의 당위성이 없다면 사소한 점심

식사 한번 하는 일도 항상 여유를 가지고 멀리 날짜를 잡아라. 그
리고 그날까지 기다리는 즐거움을 맛보고 음미하고 즐겨라. 남과의
약속이 지속되는 한 당신의 인생이 보람차고 밝게 바뀔 것이다.

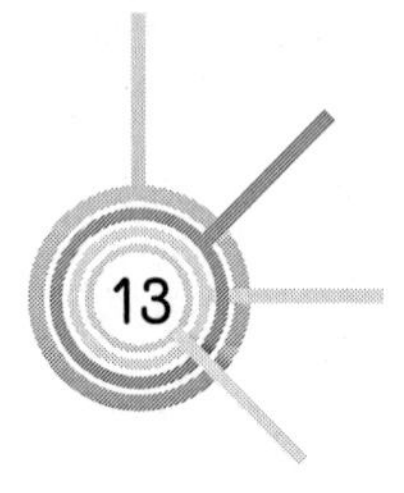

공격이냐 방어냐

"지금 무엇을 하고 지내십니까?"

상대방으로부터 이런 질문을 받았을 때 가장 대답하기 난감한 게 퇴직자들이다.

"이 나이에 뭘 하겠어 그냥 먹고 놀지."

대답이야 그렇게 아무렇지 않다는 듯이 하지만 돌아서면 나 혼자만 능력이 없어 빈둥빈둥 노는 것 같은 느낌에 서글퍼진다. 남들이 뭐 하고 지내냐고 물었을 때 번듯한 명함 한 장 건네며 놀지 않고 이런 일 하고 있다며 거드름을 피울 수 있으면 좋으련만 그렇지 못한 게 현실이다.

당당하게 쉬고 있다는 말을 하고 또 그 말을 기꺼이 받아들일 수 있는 사회 분위기면 좋으련만 누구는 나이 칠십인데 아직도 돈벌이를 하고 있다며 당신은 뭐 하냐는 듯한 시선을 받게 되면 참 괴롭다. 누가 놀고 싶어서 노나.

사실 퇴직 후 한 달 정도야 집에서 대자로 누워 지내도 즐거워 화려한 백수 신세를 만끽하지만 한 달이 넘고 두 달이 넘으면 집에 있는 게 아니라 교도소에 갇혀 있는 것 같은 형상이 되어 답답하고 무료함을 이기는 데 한계 상황에 이르게 된다. 술친구라도 불러내 시간을 보내고, 색다른 취미에 빠져 세월을 보낼 수도 있겠지만 그것도 하루 이틀이다.

소수의 특별한 사람들을 제외하고는 직장을 구하자니 3D업종에 봉급은 적다. 눈높이를 낮추자니 그건 말이 그렇다는 얘기지 내 앞에 막상 닥치면 그게 어디 쉬운 일이겠는가. 그래서 생각하게 되는 것이 사업이다. 늦은 나이에 벌이는 사업이라 해봤자 회사를 만들어 공장을 지어 운영하는 그런 거창한 일은 할 수도 또한 해서도 안 되니 동네 구석에 조그마한 가게 하나 내는 정도겠지만 그러나 사업은 마약에 손대는 일과 똑같다.

나는 주위에서 사업이란 마약에 취해 사는 사람들을 많이 보아왔다. 옷 가게를 하다 망해먹고, 집에서 가만 앉아 있질 못하고 얼마 안 가 화장품 가게를 내고 다시 망해먹고, 또 통닭 가게를 하고 하는 식으로 가산을 탕진하고 간판업자만 돈 벌게 해주는 사람들 말이다.

돈이 바닥나야 마약에서 손을 끊듯이 가산이 탕진되고 나서야 사업에서 손을 떼게 된다. 그러나 때는 이미 늦었다. 손에 쥔 돈은 없고 내 주위엔 식구들의 입만 남았다. 남의 눈 의식하여 거드름 한번 피우려다 쪽박 차는 일은 하지 말아야겠다는 생각이다. 예로부터 말이 있지 않은가. 돈이 사람에게 달라붙어야지 사람이 돈을 좇아서야 절대 잡을 수 없다고.

그러나 자본주의 사회에서의 부는 명예나 권력보다도 더 위에 있는 게 확실하다. 돈은 곧 무엇이든지 할 수 있는 힘이 있기 때문이다. 그래서 사람마다 손을 움켜쥐고 부를 축적하는 일에 혈안이 되어 있는 것이다. 돈 되는 일이라면 다 벌여놓고 벌고 또 벌어 쌓아놓고 또 쌓아놓고. 한(漢)나라 고조 유방(劉邦)의 천하통일의 일등공신인 초왕(楚王) 한신(韓信)이 말했다는 다다익선(多多益善), 많으면 많을수록 좋다는 이 말이 여기에 어울릴 것 같다.

어떤 사람들은 돈이 행복의 전부가 아니라고 치부하지만 그건 못 가진 자의 자기 위안일 뿐 돈은 어찌 보면 인간의 1차적 욕구인 먹고, 입고, 싸는 일보다 더 중요해 0차원의 문제가 아닌가 싶다. 돈이 없으면 먹고, 입고, 싸는 일이 수월치 않으니 말이다.

그렇다고 배금주의를 지향하자는 말은 아니다.

중년의 우리는 평생을 풍족하게 먹고 살 수 있는 돈은 아니지만 적어도 어느 정도 여유 자금은 준비되어 있을 것이다. 그렇다면 굳이 그 돈을 몇 배로 튀겨 보겠다는 생각은 말라는 것이다. 그런 생각을 하는 순간 먹이사슬(사기꾼)에 걸려 거덜 난다는 말이다.

직장이라는 울타리 안에서 온실 속의 화초처럼 사회와 분리되어 능동적이지 못하고 수동적으로 살아 온 당신이 사회의 냉혹함을 어찌 알 수 있으랴. 평생 직장 생활만 한 사람은 사회의 살벌함을 전혀 알지 못한다. 사회는 정글이고 정글에선 정글의 법칙만이 존재한다. 언제 어디에 복병이 숨어 있다 튀어나와 나를 나락으로 떨어뜨릴지 모른다. 정글 속의 모든 것들은 나의 걸림돌이다. 맹수와 질병을 옮기는 독충에서부터 늪지 그리고 심지어 독초까지 내 앞길을 방해하는 것들뿐이다.

다윈이 『종의기원』에서 언급한 '적자생존'의 법칙은 냉혹하다. 환경에 적응하는 것만 살아남고 그렇지 못한 것은 도태된다는 것이다. 그런데 사회에 적응하지 못한 햇병아리 퇴직자가 사업을 한다? 절대로 '아니 되옵니다'이다.

직장에서야 경쟁에서 지면 진급을 남보다 조금 늦게 하고 봉급 조금 덜 받는 정도로 끝나지만 사회에서의 사업은 말 그대로 도박이나 다름없어 사기를 당하거나 사업이 잘못되면 평생 안 쓰고 안 입으며 모은 돈을 한순간에 날리기 때문이다.

국가대표가 뛰는 축구경기를 우리는 자주 보아왔다. 그래도 우리나라에서는 축구로는 내로라하는 대표선수들이지만 가끔은 우리에게 좋은 교훈을 주기도 한다. 전·후반에 걸쳐 볼 점유율이나 슈팅 수가 월등하게 앞서는 플레이를 하고도 상대편의 기습 공격에 한 방 먹고 허무하게 패하는 경기 말이다. 그때의 상황을 보는 국민들의 허탈한 마음은 그 어떤 말로도 위로가 안 된다.

경제에 문외안인 사람이 재테크를 해보겠다고 공격적으로 대쉬하다 개발질 한 방이면 게임 끝이다. 지금 소유하고 있는 자금 공격적으로 운용하여 뺑 튀길 것인가? 아니면 수비로 일관하며 가진 돈 못 달아나게 지킬 것인가? 신중하게 생각해봐야 할 시기가 중년이다.

공격이 최고의 방어라지만 자금 운용을 그렇게 한다는 것은 정말 위험천만한 발상이라고 생각한다. 공격으로 일관하다 한 방에 날아간 돈과 꿈 때문에 상심에 빠질 당신과 당신의 가족을 생각해 보라. 젊었을 때의 실패야 날린 돈 비싼 수업료로 지불했다 생각하고 훌훌 털어버리고 나면 또 다시 재기할 기회라도 있지만 지금의 실패는 당신과 당신의 가족에게 지옥의 나락으로 떨어지는 재기 불능의 치명적인 데미지를 남기게 될 것이다.

좀 치졸한 경기라 사기꾼들은 재미없을지 모르지만 가진 돈을 지키라고 권하고 싶다. 중년에 사업을 하다 망하면 온 식구가 불행해지지만 가진 돈을 지키면 나는 좀 불편하지만 온 가족은 행복하기 때문이다.

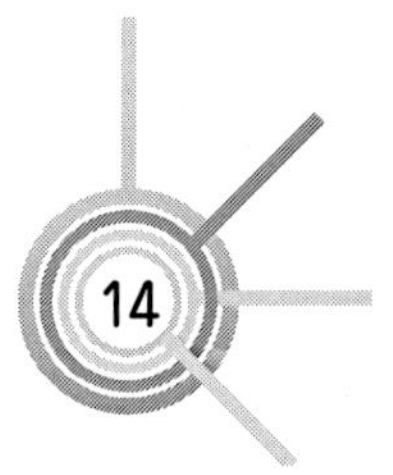

무자식이 상팔자?

내가 태어났던 1950년대에는 집집마다 보통 열 명 내외의 자녀들이 있었다. 즉 베이비부머 세대들이 태어난 시기였다. 베이비부머란 미국에서는 2차 세계대전의 종전과 함께 그동안 전쟁통에 떨어져 있던 부부들이 다시 만나고 미뤄졌던 결혼식이 한꺼번에 이뤄진 결과 출산율이 높아진 시기에 태어난 세대를 일컫는 말이었다. 우리나라는 6·25전쟁이 끝난 후인 1955년~1963년 사이 태어난 사람들을 베이비부머 세대라 지칭한다.

옛날부터 식구가 많으면 가내기 편할 날이 없었다. 가지 많은 나무에 바람 잘 날 없다는 말이 있지 않은가. 어제는 동생이 친구와 싸우다 친구를 다치게 해 그 부모가 집으로 쫓아와 난리를 피우는가 하면, 오늘은 다른 동생이 얻어맞고 와 집안이 시끄럽고 내일은 형이 공을 차고 놀다 다리가 부러져 병원에 가서 치료받고 하는 식이다.

식구가 많은 집은 자식이 열세 명, 아니 그 이상인 집도 있었으니 그런 집들은 오죽했으랴. 하루하루가 전쟁터를 방불케 하는 아수

라장의 삶이었을 것이다. 부모님은 논밭으로 나가 일하느라 분주하
니 아기가 아기를 업어 키워야 했고, 생존을 위해선 어린 나이부터
밥도 지을 수 있어야 했다. 집안도 넉넉하지 못해 큰아들이나 아니
면 머리가 특출 나게 영리한 사람 한두 명 정도가 고등교육을 받고
제대로 된 직장을 잡았을 뿐 대다수는 내일도 기약할 수 없는 남
의 집 식모살이나 봉제공장에 취직해 제 한 몸 근근이 지탱하기 일
쑤였다.

그러니 우리들의 부모님은 우산 장수 아들과 나막신 장수 아들
을 둔 것처럼 날이 맑아도, 비가 와도 근심을 버릴 수 없었다.

베이비부머 세대는 부모로부터는 아무런 경제적 지원을 받지 못
하고, 스스로 독립하여 자수성가해야 했던 세대이면서도 또한 부
모와 자식을 동시에 부양하면서 살아야 하는 이중고를 겪고 있다.
'조기유학'이니 '기러기 아빠'라는 신조어를 만들며 자식들을 위해
희생을 강요당하면서까지 무한정 베풀고 베풀었으나 자식들로부터
는 아무런 도움도 받을 수 없어 노후 준비는 엄두도 못 내고 있는
현실이 베이비부머 세대인 우리들의 자화상이다. 말하자면 베이비
부머 세대는 평생을 샌드위치 신세로 살아가야 하는 멍에를 등에
짊어진 것이다.

그러나 다행인 것은 지금은 한 가정에 자식이 한두 명뿐인 핵가
족이기에 가지 많은 나무에 바람 잘 날 없다는 말은 시들해졌다.

그러나 자식으로부터의 위험 요소는 수면 위로 떠오르지 않았을
뿐 언제나 잠재해 있다.

외환위기 이후 우리나라는 전혀 새로운 나라로 변했다. 평생직장 개념은 사라지고 명퇴나 계약직 그리고 인턴사원이란 단어가 생겨나고 친절과 봉사란 단어가 화두가 되었다. 그래서 가장 많이 바뀐 곳이 공직 사회고 공무원 사회였다. 동사무소만 가도 공무원들은 민원 처리에 불친절과 고자세로 주민의 위에서 군림하였고, 준공무원인 공사에서도 직원들의 고압적인 자세에 일을 보러 갔다가 불편한 심기를 감출 수 없었던 시절이 있었다.

그러나 지금은 어떤가. 모든 곳에서 너무나 민원인을 친절하게 대해주어 미안할 정도다. 좋은 변화다. 허나 안 좋은 면도 있다. 공직 사회가 너무나 친절하다 보니 오히려 국민들이 거꾸로 공직 사회를 우습게 보는 역전현상이 생긴 것이다. 내 아들을 가르치는 스승이나 우리의 치안을 밤낮으로 지켜주는 경찰을 우습게보고 공권력에 도전하는 몰상식한 사람들이 생겨난 것이다. 참다운 민주주의가 무엇인지도 모르는 일부 몰지각한 사람들이 저지르는 안타까운 공권력에의 도선이라고 치부히고 이대로 방치한다면 대한민국의 앞날이 걱정된다.

환란 이후 대한민국은 국제화되었다. 그렇다면 거기에 맞게 대한민국 국민의 수준도 국제화가 되어야 했으나 아직도 외국 여행 시 국가의 격을 떨어뜨리는 잘못된 행동을 하는 사람들이 나오는 것을 보면 국민의 수준은 국제화되기에 멀었는가 보다.

오늘날 나라는 글로벌화되었고 모든 시스템은 글로벌화에 맞게 수정되었다. 그렇지 않으면 이제 기업이든 국가든 도태되어 국제화

시대에 살아남을 수 없게 되었다.

기업은 국내 경쟁사보다 세계의 으뜸 기업들과 경쟁하게 되었으며 허리띠를 졸라매지 않으면 살아남을 수 없게 되었다. 요즘 세계 경제의 흐름이 좋지 않다 보니 기업들은 당연히 투자를 줄이고 신규 채용도 소규모로만 하고 있다. 젊은이들이 직장다운 직장을 구하기 힘들다는 이야기다.

한때는 외국에서 석사나 박사학위를 받아오면 취직하기 쉬운 때도 있었지만 그것도 이제는 옛말이 되었다. 외국에서 박사학위를 따와도 취직하기 어렵고, 젊은이들의 로망인 사시에 합격하고도 취직 문제를 고민해야 하는 문제는 정말 절망의 수준이다. 한참 혈기 왕성하게 일할 나이의 젊은이들이 캥거루족이 되어 공무원 시험에 매달려 시간을 소진하고 있는 현상을 바라보면 안타까울 뿐이다. 그나마 몇 년을 공부해서라도 시험에 합격하면 다행이지만 시험에 낙방하고 취직을 못 하면 언제까지나 캥거루족으로 살아가게 될 게 아닌가.

이미 선진국은 부모 곁을 떠나지 않고 부모덕으로 먹고사는 캥거루족 문제로 몸살을 앓고 있다고 들었다. 또한 직장을 구하고 결혼을 하여 부모 곁을 떠나도 안정된 직장이 아니다 보니 언제 그만두고 다시 부모 곁으로 귀향할지 몰라 부모들이 전전긍긍한다는 얘기도 들었다.

직장을 구하기 힘들다 보니 젊어서부터 자영업에 뛰어드는 사람도 많다 하니 그것도 집안에 평지풍파를 일으킬 소지가 많아 걱정이다. 어느 날 갑자기 자식이 하던 사업에 문제가 생겨 부도가 나게 생겼다며 부모 앞에서 징징대면 당신이라면 어떻게 할 것인가? 은행에 돈을 넣어놓고도 자식이 죽든 살든 못 본 척할 수 있는 강심장을 가진 부모가 이때 과연 몇이나 될까 의문이 든다.

우리들의 부모는 소소한 일로 걱정이 바람 잘 날 없었지만, 베이비부머가 부모가 된 지금은 바람이 불면 그 바람은 나무의 몸통을 통째로 꺾는 일이 허다하다 보니 그 충격은 가히 초특급 태풍을 만난 격이다. 자식으로 인해 내 노후 생활에 불안을 느끼게 된다면 그건 자식이 자식이 아니라 원수가 될 수 있는 두통거리일 것 같다.

무자식이 상팔자란 말이 있다. 오죽하면 자식 없는 사람을 부러워했을까? 내 평생 부모들이 땀 흘려 평생 동안 일궈 모아둔 논밭 팔아 사업하여 성공한 사람 한 명도 보지 못했다. 그런데도 작금의 뉴스는 심심치 않게 유산을 노려 부모형제를 죽음으로 몰고 가는 패륜적인 범죄가 등장한다.

가정교육의 중요성은 아무리 강조해도 부족하다. 위험에 노출된 당신의 노후를 불안으로부터 안전하게 지키는 길은 자식 농사를 잘 짓는 일이라고 생각한다. 유학을 보내고 지식 하나 더 가르치기 전에 인문학부터 가르쳐 사람 먼저 만들고 그 다음으로 독립심 강한 사람을 만드는 게 자식 잘 키우는 일이 아닌가 생각해 본다.

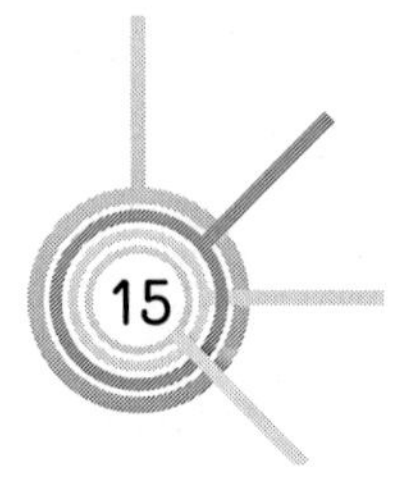

효를 생각해 보다

한문으로 '효(孝)' 자를 보면 자식이 부모를 업고 있는 형상이다.

'효' 하면 공자의 제자이며 현인인 민자건과 반의지희(斑衣之戲)란 고사성어로 유명한 노래자(老來子)를 누구나 떠올릴 것이다. 민자건(閔子騫)은 어려서 어머니를 여의고 아버지는 재혼을 하여 계모 슬하에서 이복동생 둘을 두었다. 자건은 효성이 지극했으나 계모는 그를 싫어하며 친자식인 두 아들에게는 솜을 넣은 옷을 만들어 입히고, 자건에게는 갈대꽃으로 옷을 만들어 입혀 겨울을 나게 했다.

추운 겨울 어느 날, 아버지는 손수레에 올라타고 자건을 불러 끌게 했는데 자건은 추위에 손이 얼어서 몇 번이나 손잡이를 놓쳐 버려 아버지에게 꾸지람을 들었지만 아무런 변명도 하지 않았다.

얼마 후, 아버지는 자건의 얼굴색이 추워서 푸르죽죽한 것을 보고 손으로 자건의 옷을 더듬어보니 솜옷이 아닌 아주 얇은 갈대꽃을 넣어 만든 홑옷임을 발견하게 되었다. 그런데 계모의 두 아들은 모두 솜옷으로 된 두툼한 옷을 입고 있는 것을 나중에서야 알게 된 아버지는 비통한 마음으로 계모와 헤어지기로 마음먹게 되었다.

이 사실을 알게 된 자건은 눈물을 흘리며 아버지께 간청하기를 "어머니가 계시면 아들 하나가 추우면 그만이지만, 어머니가 안 계신다면 아들 셋이 떨게 됩니다."라고 하며 아버지께 간곡히 청을 올리게 되었다.

후에 계모가 이 말을 듣고 크게 감동하여 뉘우치고 자애로운 어머니로서 세 아들을 공평하게 대해 주었다. 이로 말미암아 효자 민자건의 명성이 만천하에 알려지게 되었다.

『논어』의 선진(先進)편에는 "子曰 孝哉라 閔子騫이여. 人不間於其父母昆弟之言이로다."라는 구절이 있다. 공자께서 말씀하시기를 "효성스럽구나 민자건이여! 사람들이 그 부모와 형제의 말에 대해서 이간질하지 못하는구나."라고 하셨다.

또 중국 춘추시대 사람으로 노래자(老來子)라는 사람이 있었는데, 행여 부모 자신이 늙었다는 사실을 알지 못하게 하기 위해 백발의 나이 칠십에 부모님을 기쁘게 해 드리려고 색동옷을 입고 부모 앞에서 재롱을 부렸다고 한다.

지금부터 아주 멀고먼 까마득한 옛날의 고사지만 효의 근원조차 잃어버린 것 같은 현대인들의 마음에 새겨 볼 만한 이야기들이다.

지금은 잘 쓰지 않지만 효도를 '양지'란 말로도 표현했다. 양지(養志)란 "부모님의 뜻을 헤아려 즐겁게 해 드리다."라는 의미가 있다. 즉 부모님의 뜻을 거역하지 않아 부모님의 마음을 편하게 해드림으로써 효도를 한다는 말이다.

그런데 요즈음 부모들은 자식들로부터 어떤 대접을 받고 살아갈

까? 대접은 고사하고 늙어서까지 자식 부양에 등골 휘는지 모르니 가엾을 따름이다.

부모에게 자식은 업보인가? 끼니가 온데간데없어 먹고살기 힘든 시절, 그야말로 자식이 많아 아이가 아이를 업어 키우던 시절에도 제 먹을 것은 다 타고난다고 한가하게 생각할 정도로 낳아 놓기만 하면 알아서 잘 자랐는데, 어찌된 영문인지 요즘은 각 가정마다 아이가 한둘에 불과한대도 부모들이 힘이 부쳐 하는 모습이다.

줄곧 돈 벌어 자식들 뒷바라지하여 대학까지 가르쳐 놓았는데, 어찌된 영문인지 취직을 못 하고 부모 속을 태우며 불효하는 자식들이 부지기수니 이를 어찌해야 좋을지 모르겠다. 고등학교를 졸업할 때면 좋은 대학에만 합격하면 한시름 놓을 것 같았는데, 막상 대학을 졸업할 때가 되니 이제는 좋은 직장 얻는 일이 걱정이다.

사실 대부분의 부모들은 자식이 대학교만 졸업하면 고생은 끝이요 행복의 시작이라 생각했을 것이다. 그러나 대학을 졸업하고도 취업 준비를 하는 자식을 위해 밑도 끝도 없이 학원비나 스펙 쌓는 비용을 지불해야 하는 우리는 힘든 세대임이 분명하다.

설령 직장을 얻어 자립했다고 치자. 그것으로 끝이면 좋으련만 결혼을 시켜야 하고, 결혼을 시키고 나면 끝인 것 같지만 부부간에 싸우지 않고 화목하게 잘 살고 있는지 걱정이고, 자식이 안 생기면 걱정이고, 벌이가 시원치 않아 궁핍하게 살면 그것 또한 걱정이다. 자식이 있는 한 효도를 받기는 고사하고 걱정거리만 가슴에 한 섬으로 쌓여 있는 셈이다.

이제 기성세대들은 직장에서 정년은 없어진 지 오래고 직장에 다닐 수 있는 근무 연수도 명퇴라는 명분으로 턱없이 짧아졌다. 그런데 엎친 데 덮친 격으로 자녀들의 취업은 갈수록 어려워지고 있으니 그 누군들 힘들지 않겠는가.

노후설계 전문가 강창희 소장이 쓴 『100세 시대를 위한 인생설계』에서 부모의 품으로 귀환하는 자녀들 때문에 중년의 노후가 걱정된다고 언급한 내용을 읽은 적이 있다. 내용인즉, 아무리 크게 성공해 많은 돈을 벌었다 해도 자식들을 돕느라 노후에 큰 어려움에 처할 수도 있다는 이야기였다.

예를 들어, 결혼한 자녀가 갑자기 찾아와 신용불량자가 되게 생겼으니 돈을 빌려달라고 하면 어떻게 하겠느냐는 것이다. 자녀가 클수록 원하는 규모가 커지기에 그만큼 리스크도 커질 수밖에 없다는 것이다. 자식 때문에 부모의 노후가 위협받는 사회 현실을 어떻게 이해해야 하나 걱정이 앞선다.

취직이 안 되어도 스마트폰은 너 나 할 것 없이 다 들고 다니고, 자가용도 한 집에 두 대는 기본이다. 부모들은 돈을 벌기 위해 최저임금을 받고라도 열악한 근무 환경 따지지 않고 밤낮으로 일하느라 정신이 없는데, 직업도 없이 공부하는 학생들이 모이는 대학가나 학원가는 경기에 불황이 없다. 무엇이 잘못되어도 한참 잘못되었다. 사회가 잘못된 건가 아니면 기성세대가 가정교육을 잘못시켜서 이런 사단이 일어난 것일까? 자식도 부모도 난마보다 더 복잡하게 얽힌 사회구조를 따라 가느라 효를 잊어버린 건 아닌가 생각해 본다.

요즘 자식에게 봉양을 받는다는 건 언감생심이다. 오죽하면 자기들끼리 알콩달콩 살며 얼굴은 자주 안 봐도 좋으니 부모 돈 가져가지만 않으면 효도하는 거라는 말이 나왔을까.

이 시점에서 효의 개념을 다시 정립해 보아야 할 것 같다.

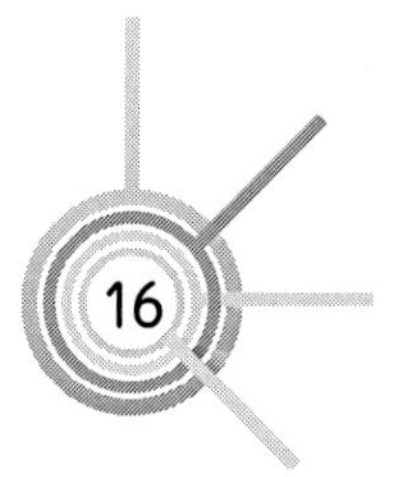

아내가 원한다면

퇴직해서 집에 들어앉은 당신 "평생 직장 생활하며 고생했으니 이제 좀 푹 쉬며 즐겨야지"라고 생각했다면 그건 큰 오산이다. 당신이 해방이라 부르짖는 그날 한 사람은 "저 꼴을 매일 어떻게 보지? 정말 스트레스네."라며 뒷골이 당기고 가슴이 막히는 느낌을 받으며 밀려오는 속박으로부터의 해방을 걱정하며 한숨지을 것이다.

'평생 돈 벌어다 주며 열심히 살았는데 대우는 못 해줄망정 어찌 그럴 수가……' 하며 배신당한 느낌이 들 것이다. 지극히 정상적인 이성과 관난력을 가진 사람이라면 이 문제에 대해 당연히 진솔하게 생각해 보고 냉철하게 아내의 입장에 강력한 반대 의사를 피력할 것이다. 그러나 그런 생각은 점차 시간이 흐르다 보면 당신만의 주관적인 판단이지 사려 깊고 이성적인 객관적인 판단이 아니었음을 느끼게 될 것이다.

사람은 과거보다는 현실을 더 중요하게 생각한다. 과거는 향수를 느낄 수 있는 낭만일 뿐이고, 현실이 아픔을 줄 때 위로받을 수 있는 정신세계의 유일한 휴식처일 뿐이다. 과거로의 회귀는 불가능하며 과거로의 집착은 사람을 무기력에 빠뜨린다. 그러므로 우리는 과거는 빨리 잊고 우리에게 당면한 현실을 냉정하게 받아들여야 한다.

퇴직 후에도 직장 생활을 할 때처럼 집안에서 대접을 받을 수 있다고 생각했다면 빨리 그 환상에서 깨어나는 것이 좋다. 당신의 수입이 끊기고 집으로 들어앉는 순간 당신의 격도 땅에 떨어졌으므로 대접받기를 기대해선 안 된다는 얘기다. 남자로선 배신 때리는 아내가 원망스럽고 그동안 자신을 돌볼 겨를도 없이 앞만 보고 내달리며 산 삶이 억울할 뿐이다. 누구에게 하소연할 곳도 없고, 절규에 가까운 간절한 기도도 통하지 않는다.

이쯤에선 장석주의 시 「밥」의 한 구절이 떠오를 수밖에 없다.

한 그릇의 더운밥을 먹기 위하여
나는 몇 번이나 죄를 짓고
몇 번이나 자신을 속였는가?
밥 한 그릇의 사슬에 매달려 있는 목숨
나는 굽히고 싶지 않은 머리를 조아리고
마음에 없는 말을 지껄이고
가고 싶지 않은 곳에 발을 들여 놓고
잡고 싶지 않은 손을 잡고
정작 해야 할 말을 숨겼으며
가고 싶은 곳을 가지 못했으며
잡고 싶은 손을 잡지 못했다.

평생 동안 직장 생활을 하며 누구나 한 번쯤은 고뇌와 갈등을 겪으며 느껴봤을 법한 마음의 심란함을 잘 표현한 시인 것 같다.

그동안 아내의 사랑과 지극정성이 나라는 존재 가치에서 나온 게 아니고 돈 벌어오는 사람이란 조건이었단 말이 아닌가? 가장으로서 식구들을 밥 먹여 살려야 하는 일은 당연하다. 그래서 가고 싶은 곳에 가지 못하고, 잡고 싶지 않은 손을 잡고, 당연히 해야 할 말을 숨기고 평생을 살아 온 게 아닌가. 가슴 아픈 사연을 담고 산 당신의 한 생. 그 정신적 고통의 노고를 위로해 주지는 못할망정 배신을 때려? 그러나 이게 우리의 현실이고 남자로 태어난 비애이다.

남편이 글만 읽느라 돈을 못 벌어오면 아내가 대신 돈을 벌어 삼시 세끼 끼니를 해결해 주면서도 백면서생(白面書生)을 대우해 주던 가부장적 시절은 지나갔다. 당신의 전 직업이 무엇이었고 그곳에서 어떤 직책을 가지고 어떤 일을 하고 부하를 몇 명 거느리고 있었는가도 중요치 않다. 퇴직과 동시에 지난날은 깡그리 잊어버려야 한다. 과거의 환상에 젖어 연연하면 의기소침하여 더 이상 앞으로 한 발짝도 전진하지 못하게 되고 그에 따른 그늘진 삶은 길어질 것이다.

친구나 지인을 만났을 때 '한땐 나도' '과거엔 나도' '이래봬도 예전엔 내가'란 말이 쉽게 입으로부터 튀어 나온다면 아직도 당신은 과거의 향수에 사로잡혀 있는 공허한 삶을 살아가고 있는 것이다. 세월과 사람은 반대편에 서야 한다. 세월이 흘러가면 사람은 앞으로 나아가야지 세월 따라 뒤로 흘러갈 수는 없다.

봄이 오면 농사를 짓기 위해 농부가 밭을 갈아엎듯이 퇴직 후엔 그동안 직장 생활에서 얻은 당신의 고정관념과 이력을 과감히 갈아엎어야 한다. 그렇지 않으면 사회생활과 부부 관계에 문제의 소지가 생길 수 있다. 그것은 곧 나머지 생의 불행의 씨앗을 잉태하고 있는 것이나 마찬가지다.

인생은 어찌 보면 행복을 좇아 헤매다 끝내는 것인지도 모른다.

인생 이모작은 행복한 가정에서부터 출발한다. 물론 젊은 시절 직장 생활을 할 때도 가정이 편치 못하면 직장 생활을 하는 데 위축이 오곤 하지만 지금은 상황이 또 다르다. 자식들도 따로 나가 살고 집에 오붓이 남은 건 오직 부부뿐이다. 그런데 집에 앉아 내 고집이나 떨고 있으면 아내가 힘들 건 당연하고 그리되면 아내는 아내대로 밖으로 나돌고 나는 나대로 따로 놀게 될 것이다. 안 봐도 뻔하다. 부부 사이가 콩가루가 된다면 100세 시대 길기도 한 해로에 생채기나 슬픔으로 점철될지도 모를 일이다.

먼 길을 여행하고 고향으로 귀향한 당신. 당신의 마음가짐에 당신과 아내의 여생의 행·불행이 달려 있다. 당신은 대접받으러 온 이 집의 손님이 아니다. 당당히 주인으로 행동해야 한다. 시간이 나면 청소기도 돌리고 방바닥도 닦고, 조리를 못 한다면 음식 타박은 하지 말고 밥은 내가 손수 차려 먹으면 어떨까?

쓰레기는 물론 음식물 쓰레기도 내다 버리자. 잡다한 집안 살림, 시간도 남는데 소일거리로 잘됐다 생각하고 운동 삼아 부지런히 해보자. 운동하고 돌아오면 자기 옷 빨래는 손수 하는 것으로 마음을 바꿔보자. 남자들에 비해 여자들은 그동안 잡다한 집안일을 너무 많이 한 관계로 대개 관절이 좋지 못하다. 빨래하는 것도 운동이다.

대접을 받으려면 내가 먼저 상대를 대접해 줘야 한다. 세상은 Give And Take로 돌아간다. 자연에서만 보아도 우리는 나무로부터 맑은 공기를 얻지만 나무는 우리로부터 이산화탄소를 공급받아 사용하지 않는가.

아내의 마음이 편해야 당신이 노후도 편안하다. 아내가 원하면 도둑질이라도 할 수 있는 사람이 되어 보자.

부부는 일심동체

한 지붕 아래 이제 부부만 덩그러니 남았다. 50~60대라면 부부가 해로할 날이 30~40년은 족히 남았다. 그 많은 나날들을 어떻게 보낼 것인가? 속 편하게 각자 알아서 너는 너대로 나는 나대로 식으로 정도 없이 살아갈 것인가? 그건 아닌 것 같다.

나이가 들면 이제 서로 도와줘야 할 일이 많아진다. 젊은 시절에야 혈기 왕성한 때이므로 광야에 내던져놔도 남편이건 아내건 각자 알아서 헤쳐 나갈 수 있다. 그러나 지금은 아니다. 젊은 시절에 비해 우리 몸은 늙었다. 눈도 침침하고 기력도 떨어져 걸음걸이도 시원치 않고 몸의 유연성도 떨어져 혼자 등도 긁지 못할 때가 곧 돌아온다.

남편이 살아 있음에도 과부처럼, 아내가 멀쩡히 살아 있음에도 홀아비처럼 사는 비극적인 삶을 살고 싶지 않다면 부부가 취미를 같이하여 관심사를 한곳으로 모으는 게 좋을 것 같다.

이곳으로 이사 오기 전, 나는 매일 전주 외곽에 있는 건지산을 운동 삼아 걸었다. 집에서 출발하여 집으로 되돌아오는 데 2~3시간 정도 족히 걸리므로 중간에 쉴 겸 해서 찾는 곳이 다름 아닌 체련공원 안에 있는 테니스장이었다. 체련공원에는 축구장, 족구장, 풋살장, 테니스장, 실내배드민턴장 등이 있어 일반 동호인들이 기호로 하는 운동을 즐길 수 있는 곳이다.

나는 테니스를 안 한 지 꽤 오래 되었지만 아직도 관심은 있어, 걷기 중간에 테니스장에 들러 경기하는 모습을 한두 경기 꼭 관전하다 다시 걷기 운동을 한다. 테니스장에 들를 때마다 홍일점으로 한 중년 부인이 남자들과 팀을 이뤄 게임을 하곤 하는데, 그때마다 항상 남편이 벤치에 앉아 자기 부인의 테니스 경기를 감독하고 있다. 그저 50대 후반의 필부필부(匹夫匹婦)다. 남편은 지금 옆구리가 아파서 테니스를 못 한단다. 그럼에도 매일같이 부인을 따라와 게임하는 모습을 구경한단다.

그런데 내가 그곳에 가서 테니스 경기를 관전할 때마다 느끼는 것은 남편이 구경만 하는 것이 아니라 코치까지 하는 것이다. 그 남편의 부인에 대한 열정이 대단함을 알 수 있다. 이제 와서 부인을 프로 테니스 선수로 만들 것도 아닐진대, 어쩜 저렇게 지극 정성일까.

게임 중 행여 아내가 실수라도 할라치면 자기가 잘못 진 양 안타까워하며 가차 없이 나무라는 것이다.

"서브를 넣고 그렇게 멍하니 서 있으면 어떡해."

"발리는 허리선에서 해야지."

"스매싱을 하려면 미리 준비를 하고 있어야 돼, 공이 내게로 넘어오기 전에 라켓이 머리 위에 이미 올라가 있어야 한다니까."

"지금은 늦었어. 그러니 공이 붕 떠서 하늘로 날아가지."

내 경험상 그 부인의 테니스 실력은 제법 상당한 수준에 올라 있는 것 같고, 게임을 운영하는 재치가 싱당하여 남자들 틈에서도 그리 쉽게 밀리거나 무너지지 않는 것 같다. 그런데도 그녀의 남편은 계속해서 게임 중 코치(내가 보기엔 잔소리)를 한다. 남편의 끊임없는 지적에 주눅이 들어 게임을 망쳐버릴 것 같은 생각이 들 정도다. 옆에서 듣고 있는 내가 짜증이 날 정도로 계속해서 뭔가를 주문하고 있는데 받아들이는 부인의 심경은 어떨까 궁금해진다. 아무리 봐도 테니스 실력이 남편이나 부인이나 도토리 키 재기일 것 같은 인상이 풍기는데, 참 희한한 것은 남편을 대하는 그녀의 태도다.

그렇지 않아도 그녀의 실수로 자기편이 지고 있으니 파트너에게 미안도 하고 하여 짜증이 날 텐데 남편까지 잔소리를 해대니 속이 좋을 리 없으련만, 언제나 남편의 말이 떨어지기 무섭게 "내가 잘못했지, 그렇게 치면 안 되는데, 이렇게 공을 쳤어야 하는데." 하며 남편을 바라보며 스윙 궤적을 떠 올리며 복습을 하는 것이다. 그리고 게임 중 부인이 너무 어처구니없는 실수를 저지르면 둘이서 '하하하 호호호.' 하며 재미있다는 듯 서로를 쳐다보며 웃곤 하는 것이다.

부부들의 사는 모습은 단순하게 겉만 훑어보면 간단해도 깊이 들여다보면 복잡하고 난마와 같아 때론, 가벼운 말 한마디에도 오해로 인해 서로 상처를 받고 싸움으로 이어지기 십상인데 옆에서 눈여겨보고 있는 이 부부는 정말 신기하여 연구 대상이다.

그동안 부부간 운전 교습은 결국 부부싸움으로 이어지기 때문에 못 한다는 것을 정설로 믿었는데, 이 부부의 테니스 치는 모습을 보면 꼭 그렇지만은 않고 세상일에는 예외라는 게 있는가 보다.

부부간의 금슬이 원래 저렇게 좋은 것인가 아니면 테니스라는 공통된 취미가 남편의 쓰디쓴 잔소리도 보약으로 받아들일 수 있는 경지에 부인을 올려놓은 것인가. 분명한 것은 부인의 밝은 표정을 보면 남편의 잔소리를 전혀 싫어하지 않음이 확실하다.

하나를 보면 열을 안다고 저 부부의 평소 가정생활은 안 봐도 뻔하다. 부부간에 얼마나 꿀 같은 사랑이 넘치고 가족 구성원 간에도 서로 신뢰하며 살아갈 것인가를.

요즘은 여가 활동의 영역도 그 옛날에 비해 기하급수적으로 넓어졌다. 인터넷카페를 들여다보면 동아리의 종류가 헤아릴 수 없을 정도로 많고 많다. 그 많은 종류의 동아리마다 북적대는 동호인들로 문전성시를 이루고 있다, 취미 생활의 영역이 넓어지다 보니 부부들 사이에도 취미가 서로 맞는 부부가 있는가 하면, 또한 서로 맞지 않아 여가 생활을 따로 하는 부부들도 많아졌다.

개성이 강한 사람들이 모여 사는 시대를 맞아 꼭 부부가 취미를 같이 할 필요는 없다고 생각되지만 부부가 각자의 취미 활동을 위해 한 사람은 산으로, 한 사람은 바다로 또는 찜질방으로 시간도 제각각이게 떠난다면 뭔가 집안 꼴이 좋아 보이지는 않는다. 부부는 일심동체라 했는데 일체감이 없는 부부 생활에 과연 끈끈한 정이 넘쳐날 수 있을까?

땀을 뻘뻘 흘리며 오늘도 테니스장에서 열심히 공을 치고 있을 그 중년 부부를 생각하며 잠시 단상에 잠겨본다.

　노후에 같은 취미를 공유하고 사는 부부야말로 천생연분이 아닐까? 행복한 중년 이후를 위해선 부부가 취미를 힘께 할 수 있는 노력도 필요하다 생각한다.

와이프데이를 만들어 보자

　전주 근교에 있는 퍼블릭 골프장에서 중년 부부와 골프를 치며 겪은 일이다.

　그들 부부와는 초면으로 내가 동행자 없이 혼자 라운딩을 신청하게 되어 같은 팀에서 라운딩을 하게 되었다. 첫 홀 티샷에서부터 어프로치 그리고 퍼팅까지 깔끔하게 마무리하는 남편을 보니 거의 세미프로 수준이다. 아무래도 골프 친 경력이 많은 것 같아 약간 내가 기죽을 듯한 분위기였다.

　그에 비해 부인은 어딘지 모르게 좀 부족한 데가 많다. 티샷 때 헤드업 되는 부분이라든지, 어프로치나 퍼팅도 약간의 문제가 있는 것 같다. 아마추어인 내가 보기에노 말이나. 그래서 그런지 남편의 일방적인 레슨이 첫 홀부터 시작되고, 라운딩 중 자상하게 레슨을 열심히 하지만 부인께서 더는 못 따라오고 진도가 영 안 나간다.

　당연하지 않은가? 그렇게 하루아침에 자기의 단점을 말해 준다고 해서 고칠 수 있는 사람이 대한민국 아니 전 세계에서 골프를 즐기는 사람 중에 몇 명이나 될까? 그런 사람이 있다면 지금쯤은 한국의 KLPGA나 미국의 LPGA서 프로 골퍼로 살던지 아니면 사업을 했어도 대성을 했으리라.

몇 홀을 돌더니 남편께서 자기의 코치를 따라주지 못하는 아내의 플레이에 맥이 풀렸는지 이제는 부인이 퍼팅하면 깃발도 안 잡아주고 퍼팅라인도 보아 주지 않는다. 아예 저만큼 멀리 떨어져서 빈정대듯 잔소리만 해댄다. 내가 보기엔 부인께서 강력한 메가톤급 화력을 가진 뭔가를 금방이라도 터뜨릴 것 같은 일촉즉발의 분위기다. 보나 마나 속으론 "저놈의 인간 잔소리도 참 많네. 옆에 낯모르는 사람도 있는데 어휴 끓는다, 끓어." 할 것이다.

부인의 눈치를 살펴보니 겉으론 눈가에 웃음을 머금고 있지만 분명히 탕탕 자동소총으로, 아니면 한 방에 남편을 날려 보낼 수 있는 그 어떤 신무기를 가동할 것 같은 일촉즉발의 위기 상황이다. 한마디로 전운이 감지된다. 부부간에 운전 못 가르친다는 소리는 들어 봤어도, 부부간에 골프 레슨 못 시킨다는 말은 못 들어 봤는데, 오늘 보니 새로운 신조어가 탄생을 할 것도 같다.

부인께서 "이제는 알았어요. 내가 알아서 칠게요. 남들한테도 그렇게 잔소리할까 겁나네요."라고 말하며 나를 힐끔 쳐다본다. 그러자 남편께서 "내가 왜 그놈들한테 골프를 가르쳐주나, 다 내 적인데."라고 단호하게 말한다.

승부욕이 강한 것인가 아니면 내기 골프라도 치는 것일까.

그렇다. 남편분은 아마추어이면서도 자신도 모르는 사이에 이미 마음은 프로의 경지에 들어서 있는 것이다.

내가 보기엔 오기 싫은데 어쩔 수 없이 억지춘양으로 마나님 따라온 것 같다. 그리고 내기가 아니기에 영 흥미가 없는 듯하다.

한때 인터넷에 떠돌던 '골프 인생'의 한 구절이다.(작자 미상)

온종일 나 혼자서 좋은 시간 가진 동안

사랑하는 우리 아내 골프 과부 만들었네.

당신도 골프 배워 우리 함께 건강하게

검은 머리 파뿌리 되어 한 백 년을 살아 보세.

아내에게 골프 배우라고 권할 땐 이런 마음이었을 텐데, 남편에게 다시 초심으로 돌아가라 말하고 싶다.

중년 이후는 부부간을 이어주던 끈끈한 끈이 자연의 법칙에 따라 서서히 사라져 간다. 젊음이라는 끈, 자식이라는 끈. 이 두 개의 끈이 사라지면 부부 사이가 시들해진다. 부부 사이가 시들해지면 만사에 의욕이 사라지고, 고목처럼 자리를 차지하고 있으나 집안에 생기가 사라진다.

이럴 때는 외부적인 환경을 바꾸든지 아니면 내 내면의 생각을 바꿔야 한다. 그것이 바로 이벤트다. 이벤트가 꼭 중요한 건 아니지만 때로는 타성에 젖어 흐르는 부부 사이에 윤활유가 되기도 한다.

내겐 주말마다 함께 산행을 하는 고등학교 때 사귄 강용구란 친구가 있다. 그 친구는 일요일을 '와이프데이'라고 정하고 천하 없는 일이 있어도 일요일엔 누구와도 약속을 하지 않고(와이프와 함께할 수 있는 약속은 가능) 와이프와 함께한다.

와이프데이의 시작은 멀리 젊은 시절로 거슬러 올라간다.

서울의 명문 사범대학을 졸업했으므로 교편을 잡았으면 평생을 평탄한 삶을 살았을 텐데, 일찍이 사업에 눈을 떠 회사를 차려 공장을 운영하게 되었다. 그런데 회사를 야심차게 운영하는 와중에 40대 초반의 젊은 나이에 갑자기 중풍으로 쓰러져 생사의 고비를 넘나들게 되었다. 의욕적으로 회사를 운영한다는 게 말이 쉽지 불철주야 시간에 쫓기며 뛰어다니다 보니 그게 스트레스가 되어 병이 나지 않았나 싶다.

너무나 일찍 꺾인 그의 꿈은 둘째 치고 병을 간호하는 친구 부인의 노고는 어떠했겠는가? 노모와 세 명의 어린 애들을 뒤치다꺼리하며 병을 간호했으니 심신이 파탄날 것도 같다. 그러나 대소변을 받아내는 그 어려운 난관을 극복하고 남보란 듯이 남편을 병마에서 우뚝 일으켜 세웠으니 정말 장하지 않을 수 없다.

친구 부인의 지극한 간호와 자신의 피나는 재활 노력 덕분에 지금은 재기에 성공해 얼마 전까지만 해도 익산에서 제일 큰 학원을 운영하였으며, 육십이 넘은 지금도 현역 생활을 하며 노인진로 강의와 중고등학생을 위한 학습코칭 강의를 혈기왕성하게 하고 다닌다. 삶과 죽음의 갈림길에 서게 한 병마와 아내의 정성은 그 친구의 삶에 대한 새로운 애착과 나머지 인생을 어떻게 살아가야 행복한가를 고민하게 된 터닝 포인트가 되었다.

그러다 보니 부부의 금슬도 더 좋아지고 엄마 아빠의 각별한 사랑에 뭔가 느낀 것이 있었는지 자식들도 철이 빨리 들어 자기 갈

길을 묵묵히 헤쳐 가며 부모에게 효도를 잘하고 있다.

요즘같이 취직하기 어려운 시기임에도 불구하고 자식들은 대학 졸업과 동시에 바로 교사와 한국에서 제일 좋다는 S대학병원에서 근무하고 있다. 결론적으로 말해 가족 구성원 간에 사랑과 관심으로 집안이 훈훈하게 잘 돌아가고 있다는 말이다.

젊은 날, 나는 한 가정을 이루고 가장으로서 집안을 이끌어 나가느라 직장 생활에 충실하다보니 정든 친구들과 소원해지고 그 친구와도 가까이 하며 정을 나누지 못했었다. 내가 다니던 직장에서 명예퇴직을 한 후에야 여유 시간이 생겨나 나는 그와 다시 만나게 되었고, 그의 말과 행동 하나하나가 내 삶의 방식과 비교되었다.

순백은 검정에 쉽게 물들고 외국어는 욕부터 배운다는 말이 있다. 언제나 좋은 것보다는 나쁜 것을 따르기 쉽다. 그러나 이 부부의 사랑이 넘치는 말과 행동을 고귀하게 여겨 존중하고 따라 하기로 했다. 허나 몸과 마음이 생각대로 쉽게 따라주지 않는다.

두 부부가 함께 주말에 등산할 때 나는 많이 배우고 행동하는 것 같은데, 집사람 얘기에 의하면 집에 돌아와 생활하는 태도를 보면 언제나 도로아미타불이란다. 마음은 이미 그들 부부의 경지에 도달했는데 왜 행동은 따르지 못하는 것일까. 배워도 안 되는 일은 있는가 보다. 그러나 노력하면 언젠가는 나도 그 친구의 애절한 사랑의 반에 반은 따라가지 않을까.

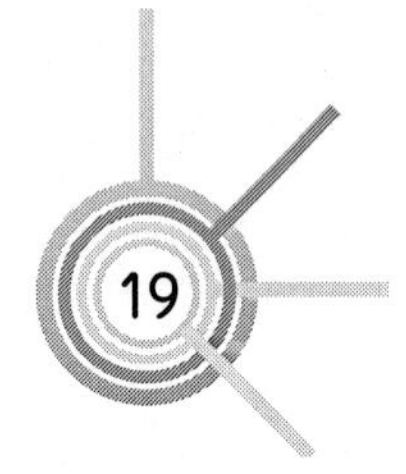

가정에도 철학이 필요하다

내가 어렸을 적엔 할아버지부터 손자까지 3대가 모여 사는 집들이 대다수였다. 그러므로 언제나 좁은 집과 방에서 많은 식구들이 서로 살을 맞대고 살아야만 했다. 여러 형제가 살다 보니 당연히 살아남기 위한 경쟁심이 생겨나 다투기도 잘하지만 또 한편으론 서로 흩어지기보다는 뭉쳐야 살 수 있다는 정신이 강해 형제간에 우애도 돈독했다. 형제가 너무 많다 보니 툭하면 의견의 충돌로 싸우는 일이 다반사였지만 다음 날 일어나면 언제 그랬느냐는 듯이 다시 손잡고 학교에 갔었다.

아들은 나이 들어 장가가고 나면 직장을 따라 먼 곳으로 떠나야 하고, 딸은 출가하면 부모와 떨어져 살게 된다. 한솥밥을 먹고 살던 어린 시절과 달리 솥단지를 각자 따로 걸고 살다 보면 내 식구 감당하느라 형제들을 찾아보거나 그들에게 눈을 돌릴 수 있는 여력이 없게 된다. 그러다 보니 결혼하고 나면 부모를 정점으로 혈연으로 맺은 끈끈한 정을 나누던 형제들의 애정도 서서히 식어가고 각종 갈등만 남게 될 소지가 많게 된다.

부부간의 갈등, 형제간의 갈등, 고부간의 갈등, 동서간의 갈등 등 이 모든 문제는 각자 남의 집 식구를 아내 또는 며느리로 맞이하고 나서부터 발생한다.

배우 손숙 씨는 "결혼은 죽도록 사랑하는 남자 말고 친구처럼 편안하고 따뜻한 남자 만나서 인생을 걸 만큼 큰 기대는 하지 말고 그렇게 하는 게 좋지 않을까?"라고 말한 것을 책에서 읽은 적이 있다. 멋진 말이다. 그러나 이 말은 결혼이란 걸 경험한 사람들이 들으면 가슴에 와 닿지만 아직 인생을 달관하지 않은 결혼을 코앞에 둔 꽃다운 나이에는 저 뜻을 이해하지 못할 것이다. 결혼, 결코 만만한 문제는 아닌 것임이 확실하다.

고부간의 갈등은 가정 문화의 차이에서부터 발생한다. 나라에는 역사가 있고 통치 철학이 있고 문화가 있다. 그렇듯 한 가정에도 역사가 있고 가정을 올바로 꾸리기 위한 철학이 있고 전통으로 이어져 내려오는 문화가 있다. 그런데 이 가정 문화라는 것이 획일적이어 잣대로 젤 수 있는 법이 있는 것이 아니기에 각 가정마다 차이가 있어 다르다. 그러나 사람들은 한국 가정과 서구의 가정 문화가 틀리다는 것은 당연히 받아들이면서도 한국 내에서도 서로 다른 가정 문화가 있다는 것을 이해하려 들지 않는다. 그것이 항상 고부간의 문제를 일으킨다.

시집온 며느리는 당연히 그 집 가정 문화에 흡수, 통일되어야 한다고 생각하는 시어머니들이 많은 것 같다. 그러나 생각해 보라. 예전에는 가정 문화가 대가족 제도하에 유교사상을 중심으로 전통을 중시하여 고지식하게도 창조가 아닌 답습만이 전부였다. 그렇기 때문에 시집 문화에 적응하지 못하면 고추 당초보다 더 매운 시집살이를 했어야 했다. 그러나 지금은 상황이 다르다. 부모를 고향에서 모시고 사는 효자도 많지만 거의 대부분의 자식들은 객지로 분가해서 핵가족을 이루며 살고 있다.

사실 고향이라야 명절날이나 부모 생신날에 찾아뵙는 것이 전부이고 그나마 그것도 부모가 살아생전의 이야기지 돌아가시면 끝이다. 물론 더 많은 사람들이 부모를 정점으로 모여 여행을 간다든지 아니면 한여름에 피서를 간다든지 하는 행사를 하는 집안도 많지만 맞벌이 등으로 시간을 낼 수 없어 같이 모여 식사 한번 할 여력이 없는 사람도 많다고 본다.

그렇다면 군이 이 시대의 시어머니들은 며느리를 일일이 챙겨가며 우리 가족 문화를 가르쳐 익히는 일에 신경을 써서는 안 된다는 게 내 생각이다. 일 년에 몇 번이나 며느리와 부딪친다고 서로 스트레스 받으며 그런 일을 감내해야만 하는가 말이다.

대가족이 아닌 핵가족의 시대를 사는 아들은 아들의 가정 문화를 다시 창조하면 된다. 우리식이 될지 아니면 며느리 식이 될지 아니면 두 집안의 절충식이 될지는 알 수 없지만 자식은 자식대로 가족 문화를 만들어 이어가는 창조주의 역할을 하면 되는 것이다.

그럼 형제간의 갈등은 무엇이 있을까? 여러 소소한 문제가 많이 있겠지만 그중에서도 당연히 유산 문제가 제1순위일 것이다. 돈이란 물건이 얼마나 요물인지 사람을 죽이고 살린다.

2002년 노벨경제학상을 수상한 카너먼 교수가 제안하는 행복의 조건은 "좋은 느낌을 가질 수 있는 일에 시간을 보다 많이 투자하라."는 것이었다. 그런데 사람들은 행복의 조건의 제1순위로 돈을 떠올리는 것 같다. 많은 돈이 사람들의 행복을 담보할 수 있는 충분조건일까? 결코 아닐 것이다. 돈이 분란의 씨가 된다는 말은 들어봤어도 돈이 사람을 행복하게 해준다는 말은 동서고금을 통해 들어 본 일이 없다.

외국의 재벌들은 국민들로부터 존경을 받고 산다. 그러나 우리나라의 재벌들은 눈만 벌어지면 욕먹을 짓을 한다.

우리나라에서 굴지의 기업으로 꼽히는 D그룹과 S그룹을 보라.

그들은 일반인들이 상상도 못할 부를 축적해 놓고서도 형제간에 유산 때문에 이전투구를 하며 그 싸움을 법정으로까지 끌고 가지 않았는가 말이다. 물론 이유야 있겠지. 그러나 그 내막을 자세히 알려고도 알 것도 없지만 도(道)가 지나치다는 것이다.

장자는 변무편에 "장과 곡 두 사람은 양을 치다가 잃어버렸다. 그 까닭을 묻자 장은 양을 칠 때 책을 읽고 있었다고 했으며, 곡은 양을 칠 때 놀음판에서 놀고 있었다고 했다. 이 두 사람이 한 짓은 달랐지만 양을 잃어버렸다는 점에서는 같다."라고 말했다. 양을 치는 사람은 양을 잘 돌봐 키워야 한다. 그럼에도 그 본분을 어겨 양을 잃어 버렸다. 책을 읽으며 양을 잃어버렸다 해서 책임을 면할 수 있는 것은 아니라는 말이다.

이처럼 두 그룹의 형제들의 유산 문제에 대한 곡직의 깊은 내막을 알 수는 없지만 도를 지켜야 할 본분을 잃은 것에 대해 그동안 쌓아 올린 명예는 땅에 떨어지고 세간의 비난을 면할 수 없는 것이다.

돈을 저세상으로 가져가지 못할 텐데 태산처럼 쌓아 놓은 돈이 아직도 모자라 치부를 드러내며 치고받는 그들 형제들의 행태를 보면서 국민들이 무엇을 배울까?

근래 재산 문제로 부모형제를 죽이는 엽기적인 살인사건이 우리 주위에서 연이어 일어났다.

지도자들이 모범을 보이고 형제간에 우애를 했다면 이런 패륜적인 사건이 왜 일어났겠는가? 가정에 철학이 사라졌기 때문이다. 가정에 철학이 없다는 것은 메마른 황무지와 같아 잡풀만 무성할 뿐이어서 자식들을 나라의 동량으로 키워낼 수 없다는 것을 의미한다.

광야로
내보낸 자식은
콩나무가 되었고

온실로
들여보낸 자식은
콩나물이 되었고

콩씨네 자녀교육 / 정채봉

멋진 교육철학을 말해주는 한편의 시다.

가정에도 분명 철학이 필요하다. 어떻게 가정을 꾸려나갈 것이며 어떻게 자식들을 교육시킬 것인가? 그러나 작금의 현실은 안타깝게도 맞벌이 가정이 많다 보니 가장이 가장의 역할을 못 하고 어머니가 어머니의 역할을 하기가 쉽지 않다.

아이들은 아이들대로 학교가 끝나면 학원가를 뺑뺑이질하고 밤이 되어도 식구들이 제대로 모여 대화를 나누지 못한다. 그러니 가족 구성원 간에 대화를 할 수 없게 되어 상하좌우로 소통이 부재하게 된다. 소통의 부재는 결국 가족을 이끌어갈 구심점이 사라진 것이므로 가정의 붕괴를 뜻한다. 말과 행동이 각각인 가족의 동거는 무늬만 가족이지 잠만 자고 나가는 유스호스텔의 역할과 무엇이 다를까? 내 가정을 꾸려나가며 어떤 철학을 가지고 살아 왔는지 반성하고 자식들에게는 이런 삶을 되풀이시켜서는 안 된다.

중년의 당신, 이제부터라도 가족과 멀리 떨어져 사는 형제들과 친척들을 돌아보라. 그리고 이웃에게도 관심을 가져보라. 할 일은 많고 시간은 부족하여 생활에 활력을 느끼게 되고, 앓던 위장병도 낫게 될 것이다.

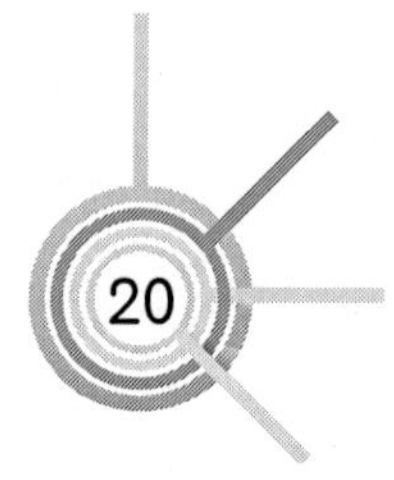

경차면 어때

　몇 년 전, 공무원인 아들이 충청북도 충주에서 한동안 근무한 적이 있었다. 아들과 딸은 원래 서울에서 살고 있었는데 아들 때문에 졸지에 세 집 살림을 하게 된 것이다. 쉬는 날이면 아들이 서울과 전주 본가에 자주 왕래하게 되었다.

　충주에서 서울이야 교통이 그래도 나은 편인데 충주에서 전주는 교통편이 버스뿐이고 배차 간격도 드물어 시간도 많이 걸린다. 그러다 보니 아들이 차를 사겠단다. 봉급도 적은데 차 값이나 유지비가 만만치 않을 텐데 중형차는 사지 말고 경차를 사는 게 어떠냐고 물어보니 경차는 싫단다. 나이 많은 사람이 경차를 타면 어울리지 않지만 젊은 사람들은 괜찮다고 이해를 시켜도 소용이 없다.

　그래서 내가 묘안을 짜냈다. 집에서 쓰는 중형차를 아들에게 물려주고 나는 경차를 한 대 사기로 한 것이다. 체면을 중시하는 아들과 체면이 밥 먹여 주냐는 아빠가 의기투합하여 적당한 선에서 타협을 보게 된 것이다.

　그동안 타고 다니던 애마를 떠나보내자니 서운하다. 그러나 자식이기는 부모는 없지 않은가. 정비 공장에 가서 점검 후 불량한 것은 완벽하게 수리를 하여 정기검사까지 마쳐 자동차 키를 아들놈 손에 쥐어 주었다. 그리고 나는 자동차회사에 다니는 동생의 자문을 받아 경차를 한 대 구입했다. 차가 조그마해 운전하는 일이 꼭 장난감 다루는 것 같은 느낌이 들어 부담이 없고 편하다.

더욱이 놀라운 것은 신형 차여서 그런지 아들이 가져간 중형차보다 더 편리한 기능이 많다는 것이다. 경차라고 우습게보다 큰코다치겠다는 생각이 들었다. 퇴직 후 일정한 수입도 없는데 남의 눈을 의식해 큰 차 타고 싸돌아다니며 나라 경제 좀 먹는 일을 했는데 체면을 내려놓으니 마음이 편하다.

경차를 타니 좋은 점이 많다.

첫째, 1당 주행거리가 길어 당연히 유류비가 절약된다.

둘째, 주차비 절약이다. 중형차에 비해 반값이다.

셋째, 통행료 절약이다. 통행료도 중형차에 비해 반값이다.

넷째, 자동차세가 적다. 차동차세가 적어 일 년에 한 번만 내면 된다.

다섯째, 주차가 용이하다. 조그만 틈만 있어도 비집고 들어갈 수 있어 주차하는 데 문제가 없다.

그러나 경차를 타니 나쁜 점도 있다.

첫째, 엔진 용량이 적다 보니 추운 겨울에 차내 히팅이 빨리 안 된다. 추운 겨울 차내에서 덜덜 떨며 따뜻한 바람 나오기 기다려 보지 않았나.

그 외에 눈에 보이지 않는 괄시가 많다 한국 사람들은 체면을 중히 여기는 민족이다. 그래서 항상 소형차를 보면 업신여기는 사람들이 있다. 경차를 타며 느낀 점이 많은데 특히 뒤 따라오는 차가 울려대는 경적 소리를 자주 듣게 된다. 고속도로를 달리다 보면 내 차 꽁무니에 안전거리도 무시한 채 바짝 달라붙어 비키라고 전조등을 비추거나 경적을 울려대는 사람들을 자주 만나게 되는데 정말 화가 난다. 사람의 품격을 차의 크기에 따라 일방적으로 결정하는 우리나라 사람들의 의식은 수준 이하로 창피한 일이기에 꼭 고쳐야 한다고 본다. 체면을 중시하는 것은 좋은 일이나 과하면 부작용이 생긴다.

밥을 먹지 못해 배가 고파 배 속에선 꼬르륵 소리가 나는데도 체면 때문에 물 마시고 이를 쑤셔야만 했던 웃지 못할 양반들의 삶이나, 못살아도 선조들은 경조사만은 성대하게 치르고 찾아온 손님들을 후하게 대접했던 일은 한편으론 지나친 느낌도 들지만 남에게 피해를 안 주었으니 좋은 풍속이라 생각된다.

서슬 퍼런 군사정권 시절, 허례허식이라 하여 가정의례준칙까지 만들어 성대하게 치러지는 경조사를 규제했지만 물질만능의 시대인 현대인의 눈으로 보면 실은, 아름답고 후대까지 길이길이 지켜져야 할 미풍양속이다.

그러나 체면이란 어찌 보면 남의 눈을 의식하는 삶이다. 내 인생을 내 주관대로 살아가는 삶이 아니라 남이 나를 어떻게 평가할 것인가를 의식하여 살아간다면 내 인생에 내 의지로 사는 삶이란 도대체 있기나 한 것인가. 남의 보이지 않는 눈에 의해 조종되어 사는 꼭두각시의 삶을 살다 간다면 죽은 뒤에라도 후회할 일일지도 모른다. 내 영혼이 담겨 있는 삶을 살면서도 후세에 이름을 남기기 어려운 현실인데 진정한 삶의 의미는 무엇인지 되새겨 봐야 할 것 같다.

과유불급(過猶不及)이란 사자성어가 있다. 논어(論語)의 선진편(先進篇)에 나오는 고사다. 공자의 제자인 자공(子貢)이 자장(子張)과 자하(子夏) 중 누가 더 똑똑한가를 물었을 때 공자가 대답한 말이다. 정도가 지나친 것은 모자란 것과 같다는 뜻이다. 공자는 여기서 중용(中庸)의 도를 말한 것이다.

그렇다. 모든 일에는 양면성이 있어 음양의 조화를 적절히 이뤄야 균형을 이룰 수 있고, 그래야 매사가 탈이 없이 순탄하게 물 흐르듯 흘러가게 된다.

불혹(不惑) 혹은 지천명(知天命)을 따지지 않더라도 중년의 당신 이제 체면치레에서 벗어나야 행복한 삶이 될 수 있다. 그렇게 되려면 이제 우리의 사고방식도 바꿔야 한다. 경차를 타며 검소한 생활을 하며 애국하는 사람들을 우습게보고 인격마저 무시하는 듯한 태도를 보이는 일은 없어야겠다.

내 어린 시절 중학교 때까지만 해도 색실이 없어 새까만 교복 바지를 하얀 실로 기워 입으며 창피하단 생각을 많이 했었다. 그러나 요즘 젊은이들은 어떤가? 패션이라는 이름하에 오히려 인위적으로 해진 옷을 만들어 입고 길거리를 활보하고 다니지 않는가.

내 학창 시절은 가난해서 헤진 옷을 기워 입고 학교에 다녀야 했었다. 그렇기에 기운 옷은 가난함의 상징이 되고 그로 인해 창피함을 느끼며 살았다. 그러나 지금은 물자가 풍부하여 떨어진 옷을 입는다 하여 그 사람이 가난하다 생각지 않는다. 오히려 창피함보다는 패션을 선도하는 사람의 일원으로 당당하다.

그렇듯 지금 경차를 타는 사람들도 마찬가지다. 돈이 없어 경차를 타는 게 아니라 검소한 생활을 하는 애국 시민들이다. '얼마나 돈이 없으면……' 하는 측은한 생각은 당신만의 오만과 편견이다. 수입이 줄어든 중년, 경차로 검소한 생활하여 국가와 가정 경제를 살리는 당신이 진정한 애국자다.

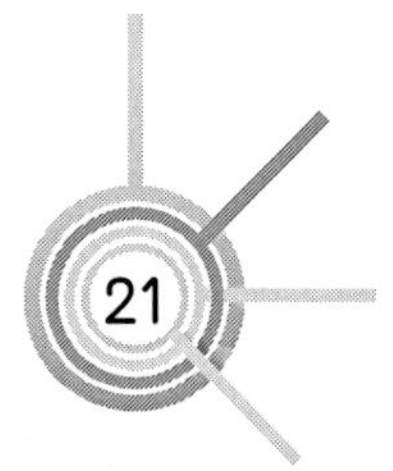

집 크기를 줄이면
어떤 혜택이 올까?

1970년대 말, 공무원시험에 합격하여 첫 발령지가 충청남도 예산 읍이었다. 그 당시 예산은 말이 읍내지 교통편이 좋지 않아 온양온천과 막 개발 중인 도고온천에서 온천욕을 하는 것을 제외하면 문화 혜택이라곤 전혀 받을 수 없는 오지였다.

지금은 어떤지 모르지만 대전에서 천안을 거쳐 예산을 가야 했으므로 직행버스로 거의 4시간 가까이 걸리는 곳이었고, 내가 살고 있는 익산에서 예산으로 가려면 하루 종일 걸려야 했다. 익산에서 군산까지 식행버스를 타고 가서 군산 선착장에서 배를 타고 장항으로 건너가 장항에서 하루에 몇 차례 있지도 않는 기차를 나고 예산까지 가야 했기 때문이다. 모든 삶이 기다림의 연속이고 슬로우 슬로우였다.

시내 중심가임에도 불구하고 1차선인 도로를 사이에 두고 경사도가 꽤 급한 산들이 버티고 있어 집집마다 TV 안테나가 산마루에 걸쳐 있었지만, TV가 제대로 나오는 집이 거의 없어 유선방송을 시청하고 있었다.

그곳에서 월세 8천 원짜리 방을 얻어 살며 직장 생활을 시작한 게 나의 최초 주거를 위한 집에 대한 투자였다. 달랑 방 한 칸에 부엌 한 칸, 그리고 화장실이 전부인 슬레이트집이었다.

부엌은 밥그릇과 국그릇에 반찬 담을 종발 몇 개 넣어 둘 수 있는 자그마한 부엌찬장에 연탄화덕 하나가 전부였고, 마당 구석에는 안집과 공동으로 사용할 수 있는, 비만 가릴 수 있는 초라한 재래식 화장실이 한 칸 있었다. 그러니 내가 살았던 방 한 칸은 현대사회의 문화와 예술성 그리고 휴식 기능을 접목한 주거 개념과는 전혀 차원이 달라 의식주만을 해결하는 원시시대의 주거 형태를 면치 못했다고 보아야 할 것 같다.

그리고 세월이 흘러 전국의 여러 곳으로 근무지를 전전하게 되었고, 결혼하고 아이가 둘 생긴 후에야 겨우 전주에 정착하게 되었다. 방 한 칸짜리 전세를 10여 년 정도 전전하다 80년대 말 13평짜리 주공임대아파트에 처음으로 입주한 것이 아파트에서의 삶의 시초가 되었다.

말이 13평이지 거실은 싱크대가 차지하고 있어 사람이 상주할 수 있는 공간이 없어 있으나 마나고, 방은 말이 두 칸이지 한 칸은 거실에 시늉으로 미닫이만 달아 놓아 독립성이 없고 난방은 연탄보일러를 사용했다. 그러나 이 보잘 것 없는 아파트는 한 칸짜리 전세방만 전전하던 나에겐 궁궐 같아 임금님이 부럽지 않았다.

몇 년이 지나자 임대 기간이 끝났다며 분양 통보서가 날아왔다.

사람들은 이 조그만 아파트를 무엇에 쓰려고 분양받느냐며 다 이사를 나가는 모양새였다. 그러나 나는 그동안 모아 놓은 돈이 없어 다른 곳에 나가 이보다 더 큰 집을 얻을 수가 없기에 울며 겨자 먹기로 분양을 받게 되었다.

그런데 87년, 전주에도 아파트 투기 바람이 불어 집값이 하루가 다르게 튀어 오르는 이상 현상이 일어나게 되었고, 거기에 편승해 나도 돈을 늘릴 수 있게 되었다. 이 일이 내가 처음으로 집으로 인해 돈을 벌게 된 첫 케이스가 되었다. 참 신기했다. 감나무 밑에서 입 벌리고 있는데 홍시가 입안으로 떨어진 격이고 황소가 뒷걸음질 치다 개구리를 잡은 것이다.

돈은 저절로 와서 붙는 것이지 사람이 쫓아가면 도망간다는 말이 있는데 정말 실감이 났다.

책을 보든지 듣든지 사람은 배우고 깨우치면 마음으로 가져오고 그 마음을 움직여 행동으로 보여줘야 진취적인 사람이 아닐까 생각한다. 도서관에 있는 책을 아무리 열심히 다 읽고 섭렵하였다 한들 그길 풀어먹지 못한다면 인생을 낭비한 죄밖에 무슨 의미가 있을까. 실천만이 답이다.

그래서 13평짜리 아파트를 팔고 24평짜리 아파트를 다시 분양받고, 3년 살고 또 되팔고 31평짜리로 옮기고, 다시 43평짜리로 전전하며 살림을 불려 나갔다.

그리고 다니던 직장에서 명예퇴직을 하였다.

사실 아들과 딸을 고등학교 때부터 내보내고 부부 단둘이 살며 직장 생활을 하는 나에게 43평은 과한 느낌이 있었다. 그러나 그 당시에는 집사람이 집에서 초등학생들 그룹지도를 하고 있었기에 어쩔 수 없는 면이 있었다.

허나 지금은 나도 퇴직하고 아내도 나이가 들어 그룹지도를 그만 두게 되자 문제가 생겼다.

수입은 적은데 큰 집을 가지고 있다 보니 유지비가 말이 아니다. 사람은 사람대로 고생이다. 겨울은 춥게 보내면서도 난방비는 많이 나오고, 여름은 덥게 지내며 전기료가 많이 지출되는 기현상이 발생하는 것이다. 매일 하는 청소도 힘에 부치고.

그래서 고민 끝에 작은 집으로 이사하기로 마음먹고 주위 사람들에게 자문을 구하니 하나같이 작은 평수로 이사하지 말란다. 곧 자식들 결혼도 시켜야 하고, 결혼한 자식들 오면 집이 좁으면 안 된다는 것이다. 자식들 결혼과 집 평수가 무슨 상관관계가 있는 것일까? 집 평수가 작으면 사돈집에서 무시할까 봐?

그놈의 체면이라는 가면 집어던지자. 그리고 요즘 자식들 명절 때나 집안일 때문에 집에 와서 옛날처럼 며칠씩 자고 가는 일 없지 않은가. 그래서 나는 집 평수를 줄이기로 마음먹고 전주 근교 물 맑고 공기 좋은 곳에 있는 28평짜리 아파트를 구입해서 살고 있다. 말이 28평이지 확장식이라 베란다가 없어 31평과 맞먹는 크기다.

아파트 평수가 작으니 이점이 많다. 당연히 아파트 관리비가 저렴하고 쓰기 나름이지만 전기요금, 가스요금 또한 저렴하다. 우리 집은 남향이고 베란다가 없어 겨울철엔 햇빛이 온종일 방에 쏟아져 들어와 낮에는 보일러를 가동하지 않아도 항상 높은 실내온도를 유지하고 있다. 한겨울에도 한낮엔 창문만 열면 따뜻한 햇볕을 받으며 거실에서 일광욕을 즐길 수 있다. 그러니 이 집 말고 고대광실 어떤 집이 더 부러우랴.

가끔 일부 주부들은 베란다가 없어 싫다고 한다. 베란다가 없어 빨래도 못 널고 화분도 못 가꾸고 여름철엔 외출할 때 소나기에 대비하여 창문 단속을 잘해야 하는 단점이 있다는 것이다. 그리고 주부들이 가장 큰 단점으로 꼽는 게 김장하는 문제다.

빨래는 뒤쪽에 작은 베란다가 있어 그곳에 널면 된다. 부부가 사는 집에 방이 세 개니 두 개는 남는 방이고 부족하면 그곳에 널어도 된다. 요즘은 예전과 달리 김장도 대량으로 하지 않는다. 그리고 김장은 일 년에 한 번인데 그 한 번 써먹자고 작은 아파트가 가져다주는 이 좋은 혜택을 팽개쳐서야 어리석지 않은가.

수입이 적어진 만큼 관리비나 전기료, 가스비 등으로 새는 돈을 줄여야 한다. 소비를 억제하는 테크닉을 통해 행복을 좇았던 철학자 에피쿠로스는 "빵과 물만 있다면 신도 부럽지 않다. 그 이상의 욕심은 쓸데없으며 고통만 안겨줄 뿐이다."라고 주장하지 않았던가.

오늘을 사는 현대인의 눈으로 바라보면 지나치게 극단적인 주장이어 전적으로 동조할 수는 없지만 사람의 불행은 분명 욕심으로부터 온다는 말은 맞다 생각된다. 수입이 줄어든 중년의 당신 욕심을 버리고 아파트 평수부터 줄이면 어떨까 묻고 싶다.

전원생활에 걸림돌은 없을까?

은퇴 후 숨 막힐 것 같이 바쁘게 돌아가는 혹은 각박하게 돌아가는 도시에서의 삶이 싫어 전원생활을 꿈꾸는 사람이라면 무턱대고 떠난 후 후회하지 말고, 계획을 실행하기 전 미리 한 번쯤 전원생활의 장단점을 고려해 봐야 할 것 같다. 집은 한번 옮기게 되면 단기간 내에 되돌리기가 쉽지 않기 때문이다.

지금 내가 살던 곳을 떠나는 이유는 무엇인가?

첫째, 은퇴하여 직업이 없으므로 굳이 이곳에서 계속 살아야 할 이유가 없다.

둘째, 자식들이 모두 딴살림을 나갔으므로 큰 집이 필요 없다.

셋째, 텃밭을 가꾸며 시간도 소일하고 생활비를 절약하고 싶다.

넷째, 공기 좋고 물 맑은 산골을 찾아 아름다운 자연에 묻혀 조용히 건강을 살피며 살고 싶다.

인간이 살아가면서 궁극적으로 추구하는 목표는 무엇인가? 행복한 삶일 것이다. "인간은 사회적 동물이다."라는 말로 유명한 철학자 아리스토텔레스는 기원전에 이미 인간 삶의 목적은 행복이라고 말했다. 그는 행복을 얻기 위해서는 쾌락과 도덕 사이의 균형을 잃지 않는 데서 온다며 극단적인 생활을 피하는 '중용'을 선택했었다. 한 마리의 제비가 왔다 해서 봄이 온 것이 아니듯 꾸준한 중용의 실천만이 행복에 이른다고 정의했다.

그렇다면 현대인은 어떤 삶의 방식을 택해야 행복에 이를 수 있을까? 그 으뜸은 아마도 쾌락도 도덕도 중용도 아닌 내가 좋아하는 일을 하며 살아가는 것이 아닐까 싶다.

그러나 인간은 사람과 사람 사이에 관계를 이루며 사는 동물이므로 나만 즐기며 살 수는 없게 되어 있는 게 현실이다. 은퇴한 후이니 아이들과의 문제는 제쳐두고라도 옆에 있는 아내가 문제다. 내가 아무리 시골생활을 원해도 아내가 원하지 않는다면 그 계획은 실행될 수 없다. 아내와 합의를 이루어 냈다고 가정하고 위의 네 가지 문제를 하나하나 되짚어 보자.

첫 번째 문제는 별 문제가 없을 것 같다. 우리들의 주거 위치는 거의 직장과 연관이 있다. 이제는 은퇴하여 직장에 출근할 일도 없는데 구태여 계속해서 그곳에 정착하여 살아갈 필요는 없기 때문이다.

두 번째 문제도 마찬가지로 이미 퇴직하여 소득도 없는데 굳이 서울이나 또는 도시에서 비싼 아파트 엉덩이로 뭉개고 앉아 손가락 빨 이유가 없지 않은가. 차라리 땅값 싼 구석진 시골로 들어가 남는 돈 여유롭게 쓰며 사는 것도 따끈한 생각일 것 같다.

세 번째, 텃밭에 계절에 맞는 제철 채소를 가꿔 먹는 것은 웰빙의

꽂이다. "하루에 사과 한 개를 먹으면 의사가 필요 없다."는 말처럼 이 이상 우리의 몸에 더 좋은 것이 무엇이 있겠는가.

그러나 텃밭을 가꾸는 데 욕심을 부리면 안 된다. 텃밭의 크기는 10~20평 정도가 적당하다. 그 이상이 되면 소일거리가 아니고 직업과 같이 사람이 매달려야 하므로 과욕이다. 소일거리로 농사일을 하는데 과욕은 금물이다. 그건 스트레스로 돌아와 안 하는 것만 못하다.

문제는 네 번째이다. 물 맑고 공기 좋은 아름다운 경관의 자연에 묻히는 일은 그 대가로 인내를 필요로 하기 때문이다. 시골에 가서 살면 경치 좋다는 생각은 며칠이면 끝이고, 우리가 공기의 중요함을 모르고 살듯이 공기 좋고 물 맑다는 생각도 며칠이면 끝이다.

시골에서 친구도 없이 동떨어져 살다 보면 생각보다 오히려 외로움을 견디는 일이 쉽지 않다. 시골생활에서 외로움을 극복하는 일은 오로지 몸을 움직여 일하는 수밖에 없다. 그러나 평생 농사일이란 해본 일이 없는 사람이 온종일 일에 빠져 생활하기란 힘들고 그런 일의 양이라면 당연히 많은 땅도 필요한데 그건 전원생활이 아니라 농사를 짓고 살려는 귀농이라고 보아야 할 것 같다.

군중 속의 고독이랄까? 밥만 먹으면 들로 산으로 각자의 생산 활동을 위해 동분서주하는 바쁜 시골 사람들 틈에 끼어 한가로이 산다는 것은 그들과 외따로 노는 삶이기에 쉽지 않다는 것이다.

그리고 무엇보다 가장 중요한 것은 그곳 사람들과의 사전 교감이다. 산골짜기에 외따로 집 한 채 달랑 짓고 살면 몰라도 이미 형성

된 마을에 들어가 살려면 많은 대가를 치러야 한다. 가장 먼저 그 동네 사람들의 보이지 않는 텃세를 이겨내야 한다. 그러므로 마을 사람들과 좋은 관계를 만들기 위해서는 피나는 노력도 필요하다. 지금 내가 사는 곳이 경지정리가 잘된 논이라면 그곳은 손수 나무를 베고 자갈을 골라내며 손아귀에서 피가 터지는 아픔을 겪은 후에야 씨를 뿌릴 수 있는 황무지 땅이기 때문이다.

그 동네 사람과 한살이 되는데 5년이 걸릴지 10년이 걸릴지 아무도 장담할 수 없다. 내가 어렸을 때 부모님과 함께 살았던 곳으로 귀향을 하지 않는 이상 그곳 주민들과의 관계 설정에 미리 신경을 써야 한다는 것이다.

예를 들어 집을 사서 보수를 하여 살려고 마음을 먹었거나 아니면 집터를 장만하여 새로 집을 지으려고 계획했다면 집이나 집터를 사기 전에 꼭 그 마을의 분위기도 알아보고, 동네 이장이나 마을 사람들과 내 이주 문제를 먼저 상의하는 게 우선이라고 충고하고 싶다. 내가 그곳에 정착하는 일에 대해 동네 사람들이 우호적인지 아니면 비우호적인시 확인하고 일을 진행하라는 말이다. 그래야 그곳에 정착하였을 때 마음이 편하지 그렇지 않으면 그곳 주민들과 화합하지 못하고 왕따 된 아이처럼 따로 놀게 되어 힘든 전원생활이 될 수도 있으니 말이다.

나도 어릴 적에 시골에서 살아 보았지만 시골의 자그만 마을은 대게 집성촌(集姓村)으로 이뤄진 마을이 많고, 그렇지 않으면 할아버지의 할아버지 대부터 한동네에 같이 살아온 사람들이 집단으로 모여 살기 때문에 서로 끈끈한 관계를 계속 유지해왔던 터로 낯선 이방인이 이사 들어오면 쉽게 마음의 문을 열어주지 않는 것이 시골의 특성이다.

시골 인심이 어느 곳 할 곳 없이 모두 다 그렇다고 단정할 수는 없지만, 시골 인심 좋다는 말은 이제 옛말이 되었다. 우리 어렸을 적엔 수박밭이나 복숭아밭에 가면 정말 시장보다 싼 값에 좋은 물건을 살 수 있었다. 그러나 지금은 그 옛날처럼 농부들이 어수룩하지 않다. 통신의 발달로 시장가격을 소비자보다 더 잘 알고 있고, 한술 더 떠 밭에서 금방 딴 싱싱한 물건이라 하여 시장보다 더 톡톡하게 가격을 받는다.

전원생활의 화려함에 정신이 팔려 이면에 숨어 있는 사소한 문제를 간과한다면 정신적으로나 물질적으로 큰 대가를 치러야 하니 꼭 신중을 기하기 바란다.

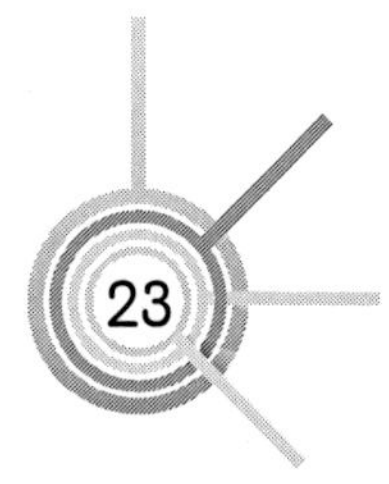

텃밭을 가꾸는 재미

젊은 시절 직장 생활을 할 때 직장 동료들이 상사로부터 질책을 당하거나 진급 등 본인이 원하는 대로 회사 일이 잘 풀리지 않을 때 "다 때려치우고 시골에 가서 농사나 지을까 보다."란 푸념을 하는 것을 자주 목격했다. 직장인들이 푸념하며 하는 말 중 "농사나 지을까."란 말은 농사짓는 일은 누워서 떡 먹기처럼 쉬워 누구나 할 수 있는 일이라고 얕잡아 보는듯한 뉘앙스가 풍긴다. 아마 시골에서 농사를 지어 본 사람이라면 절대 이런 소릴 하지 않을 텐데, 농사를 지어보지 못한 무지에서 이런 말이 입에서 쉽게 나왔으리라 생각된다.

1970년대까지만 해도 농사일은 노동집약의 산업이었다. 모든 농사일은 일일이 사람의 힘으로 해결해야 했으므로 농업에 종사하는 사람들은 새벽부터 밤늦게까지 몸을 움직여 뼈 빠지게 일을 해야 먹고 살 수 있었다.

벼농사 하나만 보더라도 못자리에서 논으로 벼를 이식할 땐 마을 내에 모내기를 위한 조합을 구성하여 일할 수 있는 능력이 있는 사람은 모두 나와 함께 모심기를 해야 했다. 발목이 푹푹 빠지는 물구덩이 속에서 하루에 12시간의 노동은 기본이었다. 생각해 보라. 그러니 조합에 참여한 모든 사람들의 허리가 남아났겠는가.

그뿐인가. 벼를 심었으면 잡초를 제거해 줘야 하는데 여름 내내 드넓은 논배미를 일일이 호미로 흙을 파 엎는 일을 초벌, 재벌에 만두레까지 해야 했으니 농민들의 노고란 말로 표현할 수 없는 힘든 일이었다. 가을이 되어 벼가 익으면 낫을 손에 든 농부들이 일일이 벼를 베었고, 지게를 이용해 등짐을 하여 벼를 집 마당으로 나른 뒤 아낙네들이 벼 낱알을 홀태에 일일이 손으로 훑어 냈었다.

농업뿐만 아니라 모든 산업이 기계화·자동화된 지금 생각해 보면 호랑이 담배 피우던 시절의 이야기로 김제 벽골제축제장에나 가서 보고 체험해 봐야 내가 하는 이야기가 무슨 말인지 이해할 수 있는 젊은 사람들도 많을 것이다. 그러나 그렇게 기계화가 되지 않아 일일이 사람의 힘을 빌어서 원시적인 방법으로 힘들게 일했던 게 지금부터 불과 몇십 년 전의 우리 농촌의 실상이다.

지금은 이양기로 모내기를 하고 콤바인으로 벼를 베고 지게차로 들어 올려 트럭으로 운반하는 시대 그 문명의 이기에 농촌 일이 편해졌다. 그래서 몸으로만 힘들게 농사를 짓던 시절 젊은이들이 기회만 있으면 서울로 서울로 상경하던 시절은 지나갔다.

현대의 농사일은 복잡해졌다. 농사짓는 법 즉 때 맞춰 파종하고 가꾸는 일은 기본이고, 농사를 지으려면 많은 농기계들을 잘 다뤄야 하며, 어지간한 고장은 직접 수리도 해야 한다. 그래서 몸을 써서 하는 농사가 아니고 머리를 써서 농사일을 해야 한다. 요즘의 농사일은 힘들지 않으므로 농사일은 그 옛날처럼 기피의 대상이 아니고 오히려 선망의 대상이 되어 귀농을 꿈꾸거나 귀농을 실천하는 사람들이 많아졌다.

도심에 사는 사람들 치고 울안에 조그만 텃밭 하나 딸려 있는 주택에 살아 보는 게 꿈이 아닌 사람은 없을 것이다. 도심에 그런 주택이 있다면 그건 내 차지도 되지 않을 것이다. 그렇다면 어떻게 하면 좋을까? 우선 집 주위에 나대지나 택지를 조성해놓고 아직 집을 안 지은 땅이 있는지 찾아 그곳을 텃밭으로 가꾸는 것이다. 집이 가까워 금상첨화다.

그런 여건도 허락지 않는다면 주말농장을 지어보는 것도 괜찮을 것 같다. 또 이와 비슷한 제도인 시민농원(가족텃밭)제도란 것이 있다. 전주시와 완주군에도 이 제도가 있는 것을 보면 다른 지방자치단체에도 분명 이 제도가 있을 것으로 생각된다. 이 제도는 넓은 평수의 밭을 작은 평수로 나누어 싼 임대료를 받고 일 년 동안 농작물을 경작할 수 있게 하는 제도다. 운영 참여자는 단체든 개인이든 관계없으며 연초에 각 자치단체별로 모집하고 있는 것으로 알고 있다.

텃밭으로 사용하기 위해선 땅의 평수는 10~20평 정도가 적당할 것 같다. 땅이 넓으면 직접 쇠스랑이나 삽을 이용하여 사람이 인력으로 갈아엎을 수 없으므로 기계가 필요하다. 기계를 동원하는 일은 기계를 사용한 품삯을 줘야 하므로 배보다 배꼽이 큰 꼴이다.

몇 년 전, 700여 평 정도 되는 땅에 농사를 지어본 일이 있었다. 그동안 도시에서 직장 생활을 하며 남들이 시골에서 농사지으며 한가로이 전원생활을 하는 것을 부러워하던 내가 직접 농사일을 체험해 보기로 한 것이다.

땅콩과 고추농사를 지어 보기로 했다. 그러나 그 환상은 일 년 농사 후 처참히 깨지고 말았다. 아무리 기계화가 되었다 하나 농사일은 잔일도 많아 노동력 즉 힘이 필요하다. 그런데 나는 나이가 들어 힘이 약해진 내 몸이라는 걸 간과하고 만 것이다. 너무나 많은 땅에 농사를 짓다 보니 몸이 따르지를 못하는 것이었다.

땅콩 농사는 그런대로 지어 수확을 하였는데 고추는 탄저병으로 대가 빨갛게 말라죽어 세 번 따고 끝냈다. 아무리 시골에서 나고 자랐다지만 농사일을 하지 않은 지 꽤 오래인데 과욕을 부리다 밥 빌어서 죽 쒀먹은 꼴이 되었고, 전원생활의 꿈마저 상실하고 만 사태에 직면하게 되었다.

사실 도심에서 텃밭을 가꾸는 일은 경제적으로 따져 봐도 득보다 실이 많다. 그러나 생각해 보라. 불량식품 문제로 안전한 먹거리를 찾기가 하늘에서 별 따기여서 뭘 사다 먹어도 불안한 게 사실이다. 이럴 때 채소 한 가지만이라도 내가 직접 농사지어 제철에 나는 영양가 풍부한 채소를 안전하게 우리 가족이 먹을 수 있다면, 시중에 나와 있는 믿을 수 없는 유기농채소를 비싸게 사 먹는 것보다 훨씬 값어치 있는 일일 것이다.

텃밭에는 여러 종류의 작물을 경작할 수 있으므로 내가 원하는 작물을 경작할 수 있어 좋다. 10~20평 정도면 고추, 상추, 쑥갓, 시금치, 당근, 대파, 쪽파, 오이, 가지, 호박, 토마토, 고구마, 감자, 땅콩 등등을 모두 다 가꾸어 한 가족이 일 년 내내 먹고도 남아 가까운 이웃과도 충분히 나누어 먹을 수 있는 양이다.

가을에 씨 뿌려 추운 겨울 견디고 자란 봄동이나 시금치를 봄에 먹어 본 일이 있는가? 그 맛은 먹어보지 않은 사람은 모른다. 그 시금치나 봄동이 바로 당신의 건강을 지키는 웰빙 식품이다. 그까짓 텃밭에서 뭘 얼마나 얻는다고 그 돈으로 사다 먹는 게 낫다고 생각하면 정말 큰 오산이다.

주말이면 피곤하다고 방구석에 들어 앉아 낮잠으로 소일하는 사람도 있겠지만 많은 사람들은 취미 생활을 하느라 산으로 들로 돌아다닌다. 어차피 그럴 바에야 주말농장을 취미로 가꿔 보라고 권하고 싶다. 말 그대로 주말이 되면 주말농장에 들러 삽과 쇠스랑질 좀 하고 땀 흘린 뒤 오이, 가지, 호박 따들고 돌아와 저녁 식탁이 상큼해지는 기쁨을 누려 보라.

땅은 우직하고 순박하여 거짓이 없고 배신을 모르며 정직하기만 하다. 그래서 뿌린 대로 거두게 하고 땀 흘리며 가꾼 만큼 우리에게 되돌려 준다.

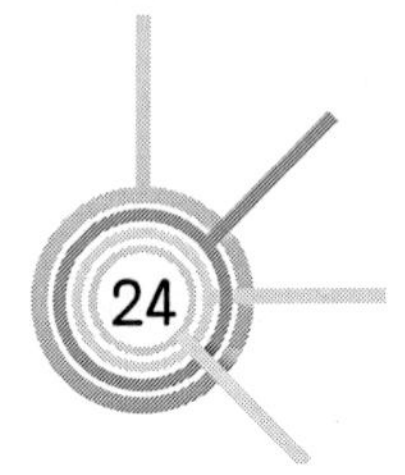

놀기도 여럿이 먹기도 여럿이

"일도 여럿이 모여 하고 먹기도 여럿이 모여 하라."는 말이 있다.

아마도 우리 사회가 농경사회였을 때 나온 이야기였겠지만 어쨌든 일을 여럿이 합심하여 하면 그만큼 능률이 배가 된다는 의미도 있겠으나 이 말이 의도하는 바는 여럿이 힘을 합쳐 일하면 육체의 고통이 반감되어 즐겁게 일할 수 있다는 뜻이 포함되어 있다고 본다. 함께 일하고 함께 먹는 즐거움은 말 그대로 노동의 고통을 낮추고 먹는 기쁨을 높여 보자는 선조들의 지혜가 담겨 있는 명언이다.

얼마 전까지만 해도 우리 사회는 다양화된 사회가 아니었다. 그렇기에 종 땡 치면 일손을 놓고 우르르 몰려나가 같이 식사하며 정담도 나눌 수 있었지만 요즘은 직업의 다양화로 개인사업자가 많아지고 여행하는 사람 또는 교통의 발달로 외지를 왕래하는 사람들도 많아졌다. 그러다 보니 식당에서도 혼자 식사를 하는 사람들을 자주 목격한다. 여럿이 먹지 못하고 혼자 먹는 식사는 먹는 기쁨을 배가시킬 수 없다. 그러니 혼자 하는 식사는 먹는 즐거움보다는 배고픔을 달래기 위해 끼니를 때우려는 의도에서 마지못해 먹는 것이니 안타까운 일이다.

 나이가 들면 혼자 지내는 일은 삼가야 한다. 특히 갈 곳이 없다는 핑계로 집 안에 눌러앉아 하루를 보내는 일은 정말 의도적으로라도 피해야 한다. 어떤 계획하에 조용한 곳에서 독서를 하고 집필을 한다든지 아니면 어떤 일을 도모하고자 하여 일정 기간을 정해 놓고 잠시 집 안에 머무는 것은 가능하다.

 물론 몸이 불편하여 거동이 불편한 사람은 당연히 제외지만 신체 건강한 사람이 집 안에서 하루를 보낸다는 것은 스스로 창살 없는 감옥에 갇혀 있는 사람과 무엇이 다른가? 오늘도 감옥에 갇혀 있는 수많은 사람들이 창살 너머의 바깥세상을 보고자 그리도 갈망하는 햇살 찬연한 아름다운 세상의 풍경을 스스로 포기하고 등지고 산다면 그들에 대한 예의가 아닐 것 같다.

 집 안에서 하는 일은 눈으로 안 봐도 뻔하다. TV를 시청하든지 아니면 인터넷 서핑이나 게임일 것이다. 요즘은 위성, 유선, 쿡TV 등 공급자에 따라 다양화된 TV 채널이 많아 내가 원하는 프로그램을 골라서 보는 재미가 쏠쏠하나. 그러나 온종일 정치 이야기를 다루는 방송도 있던데 나는 그런 방송을 시청하는 것을 권하고 싶지 않다. 정치 이야기는 민감해서 우리 모두의 관심사지만 정치에 깊은 관심을 갖게 되면 내 건강을 해칠 수도 있다는 게 내 지론이다.

 모 아니면 도인 게 요즘 정치 현실이다. 그렇다 보니 국론은 양분되어 있다. 지난 18대 대선에서도 나타났듯이 당선자와 낙선자의 표 차는 그리 많지 않다. 밑도 끝도 없는 정치 현안에 대한 토론을 보면 꼭 나의 생각과 일치할 수는 없다. 그러다 보면 자연히 정치평론가들이 제기하는 논리에 대해 수긍 못하는 경우도 생긴다. 그러면 스트레스다.

정치평론가들은 중용을 지켜야 한다. 그런데 요즘 정치평론가들은 무늬만 정치평론가이지 정당대변인으로 보이는 사람들이 많다. 그런 함량 미달의 평론가들이 방송에 나와 정치평론이라는 구실로 현실을 호도하고 있다. TV를 시청하다 보면 정치평론가의 얼굴만 보아도 이 사람은 여당, 저 사람은 야당 편에 서서 이야기하는 사람이라는 것을 논리를 들어 볼 것도 없이 확연히 구분이 간다. 그렇다면 그들은 이미 정치평론가가 아니다.

정치평론가들의 역할은 무엇인가? 당연히 당면한 정치 현안을 정확하고 알기 쉽게 분석하여 모든 국민들이 그 논란의 중심을 정확히 들여다 볼 수 있는 혜안을 만들어 주은 것이 그들의 역할이라고 생각된다. 그렇다면 그들의 논리가 천편일률적으로 여당이나 야당의 편에만 서서 이야기할 수는 없을 것이다. 어제의 주제는 여당의 정책이 옳았으나 오늘의 주제는 야당의 정책이 옳을 수 있기 때문이다.

또한 인터넷 게임도 권하고 싶지 않다. 현대인은 인터넷만 있으면 잡기를 어느 곳에서든지 접할 수 있다. 게임을 전용으로 하는 사이트도 많지만 각종 포털에도 게임은 필수다. 게임 종목도 백여 가지가 넘는다. 그중에서도 나이든 사람들이 할 수 있는 게임은 대략 바둑과 장기 그리고 고스톱 정도가 아닐까 생각된다.

인터넷이 발달하지 못한 그 옛날에는 게임은 상대성이기 때문에 접하기가 쉽지 않았다. 고스톱을 치고 싶어도 장기나 바둑을 두고 싶어도 사람들이 모여 있는 곳에 가야만 했다. 왜? 상대가 있어야 가능했기 때문이다. 그러나 지금은 인터넷의 발달로 컴퓨터 앞에만 앉으면 가능하다. 참 편리한 세상이다.

허나 모든 게임은 중독성이 있다. 오프라인에서 하는 운동도 중독이 될 수 있는데 하물며 인터넷 게임은 더 말할 나위없다. 편하게 다가온 과학문명이 우리의 몸과 마음을 파괴할 수도 있다는 말이다.

나이가 들었다고 자기 자신을 컨트롤할 수 있다고 생각하면 큰 착각이다. 도박에 중독되어 카지노 주변을 거지처럼 전전하거나 원정도박에 하우스도박을 하는 사람들은 남녀를 불문하고 모두 성인들이다. 그들 모두 처음은 재미로 또는 남는 시간을 보내기 위해 한 번만 해 보자는, 어찌 보면 어처구니없게도 단순한 생각으로부터 출발했을 것이다.

처음엔 남는 시간을 때워보려고 게임을 하지만 점점 깊이 빠져들면 애들처럼 중독을 부를 수도 있는 것이다. 주위에 누가 말리는 사람이 없으니 온종일 게임을 하게 된다. 생각해 보라. 눈은 침침해지고 정신은 혼미해진다. 게임에 몰두하다 보니 지금 해야 할 일을 다음으로 또는 내일로 미루게 된다.

때 되면 밥만 똑 따먹고 게임을 하며 사는 인생으로 남은 생을 살고 싶은가? 재삼 강조하는데 TV 시청 오래 하지 말고, 인터넷 게

임 하지 말고, 혼자 지내지 말고, 이웃이든 친구든 한데 어울려 생
활하는 습관을 가지라고 권하고 싶다. 놀기도 여럿이 하고 먹기도
여럿이 하는 은퇴 이후의 삶은 정말 멋지고 행복한 인생이 될 것
같다.

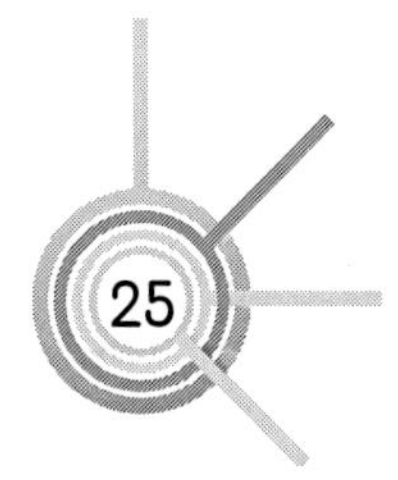

나이는 잊고 살자

현실에서 나이를 잊고 산다는 것은 쉬운 일이 아니다. 팽팽하고 곱던 얼굴엔 주름살과 검버섯이 피어나고 어느새 머리는 새치가 아닌 하얀 서리가 내렸다. 어느 날 거울을 보니 갑자기 내가 아닌 초라한 중년을 넘길까 말까 한 낯선 사람이 그곳에 서 있지 않은가?

머리칼은 검은 물을 들여 숨겼다고 하자. 그럼 얼굴의 주름살은 어찌할 것인가? 보톡스(Botox)로 가능할까? 검버섯은 레이저로 쏘아 볼까? 처진 턱밑 살과 처진 눈가는 어떤 방법으로 손을 볼까? 그러나 이 모든 것이 허사로다. 인위적으로 화장한다고 해서 진정 내 육체가 젊어지는 것은 아니니까 말이다.

사람들은 모든 사물을 각자의 주관으로 보고 판단한다. 그래서 간혹 엉뚱한 결과를 낳기도 한다.

내가 어렸을 적엔 군인들을 보면 말 그대로 나이가 먹은 노숙한 군인 아저씨였다. 그러나 지금 군인들을 보면 아직도 부모에게 어리광을 부리는 철부지 같은 어린아이로 보인다. 성년이 되어 어린 시절 다니던 초등학교에 가본 일이 있는 사람들은 누구라도 느꼈

었겠지만 그렇게 넓고 크던 운동장과 나무들이 왜 그리 좁고 초라한지 한 번쯤은 놀란 일이 있을 것이다.

옛날엔 나이 오십이면 시골 동네에선 뒷짐 지고 어른 행세를 했는데 지금 나이 오십이면 중년 축에도 낄까 말까다.

어느 날, 볼일이 있어 시내버스를 탔다. 1시간 이상 걸리는 거리라 책을 읽고 싶어 빈 의자를 찾느라 두리번거리는데 옆자리에 앉아 있던 중년 여성이 벌떡 일어나며 자리를 양보했다. 겉으로 봐서는 나와 나이 차가 별로 나지 않는 것 같은데 말이다. 그 여자는 내가 나이 먹었다고 보는 모양인데 내가 보기엔 그 여자가 자리에 앉아 가야 할 나이로 보였다.

마음만은 서로가 젊다고 생각하는 두 사람. 정말 생각할수록 코미디 같아 웃음이 나왔다. 나는 너무나 놀라 손사래를 저으며 아직은 서서 가도 괜찮은 군번이니 아주머니께서나 앉아서 편하게 가시라고 해도 막무가내로 자리에 앉으란다.

난 아직 젊다고 생각했는데 이런 상황을 당하고 보니 내가 그렇게 늙게 보이나 하는 생각에 황당하기도 하고, 그동안 줄곧 아내 말을 안 듣고 머리 염색을 안 한 게 그날처럼 후회될 수가 없었다. 그래서 당장 머리 염색을 할까 하는 생각도 해 봤지만 환경론자고 자연주의자인 나는 자연을 파괴하는 어떠한 행위도 용서할 수 없다는 강한 신념하에 과감하게 염색의 유혹을 뿌리쳤다.

염색약은 환경을 오염시키고 두피 트러블이나 시력저하 등 부작용도 만만치 않다고 들었다. 아무리 천연염색약이라고 해서 환경을 파괴 안 할 수는 없는 일이고 부작용을 피할 수는 아직은 없는 것으로 알고 있다.

내 머리칼은 어려서부터 곱슬머리였다. 내가 어렸을 적엔 말총머리가 대세였다. 그래서 곱슬머리는 친구나 사람들의 좋은 놀림감 소재였다. 난 어려서부터 내 곱슬머리가 싫었다. 색깔까지 불그죽죽 밤송이 같아 돼지털, 밤송이가 내 별명이었다. 머리는 정갈한 내 인생에서 엉덩이를 장기판처럼 기워 입던 누더기 옷만큼이나 불만의 대상이었다.

이발한 지 며칠 못 가 꼬불꼬불 말려버린 돼지털, 소심한 성격의 나는 정말 견디기 힘들었다. 항상 얼레빗을 뒷주머니에 꽂고 바다로 나간 어부처럼 바람에 민감해야 했다. 깜박 허공에 맘 두면 갈피를 못 잡고 휘젓는 바람이 까치집을 짓기 때문이다. 그런데 나이가 들자 드디어 내 시대가 당도했다.

남자들이 이발소가 아닌 미장원을 드나드는 날이 오고 반 곱슬머리인 내 머리가 아줌마들에 의해 예술적이라는 것이 만천하에 드러나기 시작한 것이다. 미장원에 들르면 항상 머리 손질을 하는 사람들이 웨이브가 너무나 자연적이어 예술이라며 감탄한다. 그때마다 난 속으로 '그 여자 속 뒤집네.'라고 속으로 중얼거린다. 그러나 입에 바른 그 감탄의 말이 전혀 싫지는 않다.

허허, 세상은 돌고 도는 법인가 보다. 내 곱슬머리가 세월이 흐르고 나니 놀림감에서 예술적으로 변해 동경의 대상으로 바뀌었으니 말이다. 내 머리칼은 어릴 적이나 지금이나 똑같은 곱슬머리다. 그러나 사람들은 같은 머리칼을 보고 평판을 달리한다. 그러니 내 머리칼의 웨이브는 바람 저편으로 흐르는 내 인생의 질곡을 실은 오선지인 셈이다.

내 얼굴은 내 마음의 거울이다. 불로초를 구해 먹지 않는 이상 사람은 나이가 들어감에 따라 몸도 얼굴도 늙어 가고 결국은 병들어 죽게 된다. 노화의 시계를 멈추려면 나이를 잊고 살아야 한다. 화장이나 보톡스로 뭘 어떻게 해 보자는 것은 임기응변이지 영구적인 해결 방법은 아니다. 겉만 번지르르하게 꾸미면 빛 좋은 개살구요, 속빈 강정일 뿐이다. 어리석음으로부터 내 마음을 구원하고 내 육체를 구하려면 나이를 잊고 젊게 살아야 한다.

나는 요즘 사회 활동을 하는 모임에 적극 참여하고 있다. 그때마다 느끼는 일이지만 어느새 모든 모임에서 나이가 가장 많다는 사실이다. 그러다 보니 젊은 날에는 전혀 느끼지 못했던 소외감이 모임에 참석할 때마다 스트레스로 다가왔다. 모임에 참석할 때마다 더 이상 참석하지 말아야겠다는 생각을 자주하게 되었는데 어느 날 우연히 생각을 바꾸게 되었다. 이 나이에 자식뻘 되는 젊은 사람들과 소통을 할 수 있는 삶을 살고 있다는 것은 나에게는 큰 행운이 아닐까 하는 생각을 한 것이다. 내가 이 모임에 참석하지 않으면 지금쯤 어느 곳에서 무슨 일로 소일하며 무료한 시간을 보내고 있을까를 생각해보면 참으로 답답해진다.

의식적으로라도 삶에 도움이 안 되는 나이는 잊고 젊은이들과 피부를 맞대고 관심사에 대해 치열하게 토론도 하며 공감대를 형성하며 살아보자. 은퇴 이후의 삶은 외모에 신경을 쓰는 일도 중요하지만 내실 있는 콘텐츠로 내공을 쌓는 일 또한 중요하다고 본다. 나이가 들면 사람들은 사람의 됨됨이를 평가할 때 옷차림이나 얼굴의 생김새 같은 외모보다는 그 사람의 뼛속 깊이 스며있는 인성의 결과물인 말과 행동에서 풍겨져 나오는 품격으로 사람을 판단하기 때문이다.

정치는 정치인에게

전주시가 경기전(慶基殿)을 유료화하기 전에는 도심의 한가운데에 있는 경기전은 노인들의 쉼터나 다름없었다. 도심의 한복판에 있기 때문에 접근성이 좋아 서울의 종묘처럼 많은 사람들이 모여 경치도 즐기며 담소를 나누고 또한 경기전 입구 앞마당에선 자주 판소리 공연이 있어 판소리를 즐길 수 있었다.

하얀 모시적삼에 한 손엔 합죽선을 들고 앉아 지그시 눈을 감고 판소리의 늪에 빠져 유영(游泳)하는 노인분들을 바라보고 있노라면 신선놀음이 따로 없다. 일제강점기와 해방, 6·25사변과 보릿고개, 억압과 민주화라는 격변기를 마음 졸이며 보내면서도 우리가 잘살 수 있게끔 근대화의 기틀을 만들어 준 노인들이 아닌가. 훈장을 다 드리고도 모자람이 있을 것 같은 국보 같은 노인들에게 충분히 그렇게 노후를 즐길 수 있도록 보장해 주어야 하는 게 우리의 의무라고 생각한다.

그래 이제 모질고 힘들었던 세상사 접고 조용히 앉아 판소리 감상이나 하며 노후를 보낸다면 본인이나 후대를 위해서 이보다 더 아름다운 퇴장 연습은 없을 것 같다는 생각이다. 끊김도 아니요 이어짐도 아닌 가락이 가슴 깊이 숨겨진 한을 후벼 파면 슬픔이 격랑이 되어 밀려와 숨이 막힐 듯하다가도 어느새 흥이 돋아나 어깨를 들썩이게 하는 힘이 있는 판소리와 만날 수 있는 노년에겐 힐링이요 치유의 숲이다.

요즘 TV 뉴스를 보다 보면 00회, 00연합 등이 참석한 맞불 집회와 반대 집회를 자주 접하게 된다. 그런데 놀라운 것은 그곳에서 머리 희끗한 노인들이 불끈 쥔 주먹을 하늘을 향해 추켜세우며 구호를 외치는 장면을 자주 본다는 것이다. 나라를 생각하는 애국심을 누가 이해 못할 일이 아니다. 그러나 정치는 정치인이 하면 되는 것이지 노인들이 정치성 짙은 사안의 전면에 나설 일은 아니라고 생각한다. 설령 뭔가 잘못 돌아간다면 이 나라의 젊은이들이 나설 것이고, 그래도 안 된다면 그때 노인들이 나서도 늦지 않을 것 같다.

이 나라의 미래는 젊은이들의 어깨에 달려 있어 그들의 몫이다. 노인들은 한 발 물러나 훈수를 둬도 될 것이다. 내가 아니면 안 된나는 식의 논리는 이제 접어야 한다. 나랏일을 모든 사람들이 내 손으로만 해결하려고 든다면 어떻게 될까? 당연히 사공이 많으니 배가 산으로 갈 것이다.

가슴에 손을 얹고 생각해 보자. 얼마나 많은 노년들이 진심으로 나라가 걱정되어 자진해서 집회에 참석하고 주체할 수 없는 폭염의 땀방울을 두려워하지 않는가. 눈으로 보지 않아도 뻔하다. 누군가 그들을 이용하여 자신들이 추구하는 이익을 얻고자 그들을 폭염으로 몰고 가는 것이다.

　이건 노인들에 대한 예우가 아니다. 나라의 근대화를 위해 눈만 뜨면 아니, 잠도 제대로 자지 못하며 악조건의 근로 조건에서 묵묵히 뼈 부서지는 줄도 모르고 일했던 그들이다. 근로기준법은 사치였던 그 시절, 묵묵히 근대사를 써 내려간 전태일의 친구이자 동료였던 노년들의 굴곡진 삶에 대한 예우가 아니란 것이다.

　혹여 그럴 리 전혀 없겠지만 자신이나 자신이 속해 있는 집단의 이익을 위해 나이 든 분들을 이용하려는 사람이나 단체가 있다면 반드시 중단해야 한다. 그들을 근대화에 기여한 공로가 크므로 포상을 내리고 편히 쉬게 하지는 못할망정 감언이설로 선동하여 그들을 꼭두각시로 만드는 죄는 짓지 말라는 것이다.

　연세 드신 분들의 마음이 정치 문제로 병들어 가고 있다. 이 세상의 그 어떤 약으로도 치유할 수 없는 불치병이 그들의 눈과 귀를 막고 마음까지도 갉아 먹고 있는 것이다.

　나는 연세가 일흔이 훌쩍 넘어 나이 차이가 많은 한 분과 오래전부터 친구처럼 형제처럼 친하게 지내고 있다. 그런데 이분이 복지관에 들락거리며 인터넷을 배우더니 갑자기 보수 꼴통이 되셨다. 하루 건너 이메일을 보내오는데 정치 얘기가 빠지면 앙꼬 없는 찐빵이다. 전직 두 대통령을 조롱하는 농담은 기본이고 문** 안**는 종북좌빨이고 거짓말쟁이고 등등의 내용이 담긴 이메일을 수시로 보내온다. 어찌 백주 대낮에 흑백을 구분 못하는 병에 전염되었을까 걱정된다. 이 양반, 내가 정치를 얼마나 혐오하는지 아직 모르는가 보다.

나는 아주 오랫동안 한 인터넷 카페에 가입해 그곳 사람들과 온라인상뿐만 아니라 오프라인상에서도 자주 만나는 등 아주 가깝게 지냈었다. 그런데 대선이 끝난 어느 날, 친목단체인 이 카페에 정치인 사진을 올려놓고 정치 이야기를 하는 것이 아닌가. 난 그날로 그 카페를 탈퇴했다. 왜? 정치 얘기로 스트레스 받기 싫어서다.

정치인의 내면을 들여다보자.

첫 번째 인물: 부패한 정치인과 결탁한 적이 있으며 점성술로 결정을 내리고, 두 명의 부인이 있었으며 매일 줄담배를 피우고, 하루에 9~10병의 마티니를 마셨다.

두 번째 인물: 회사에서 두 번 쫓겨난 적이 있으며 정오까지 잠을 자고, 대학 때 마약을 복용했고, 매일 한 번씩 위스키 1/4병을 마셨다.

세 번째 인물: 전쟁 영웅으로 채식만 하고 담배도 안 피우고, 필요할 때만 맥주를 조금 마실 뿐이다. 불륜은 한 적도 없고 죽을 때까지 단 한 명의 애인만 사귀었다.

차례대로 처칠, 루즈벨트, 히틀러의 삶이었다.

위의 인물들을 비교해 보면 사회나 가정에서 모범을 보였던 인물이라 해서 정치를 잘하라는 법도 없고, 그다지 모범생과는 멀 것 같은 생활을 했다 해서 정치를 못하는 것도 아니다.

정치는 어디로 뛸지 모르는 개구리 같은 사람들이나 가능하지 우리같이 생각이 예측 가능한 평범한 삶을 살아가는 사람들이 할 것은 아니라고 생각한다.

잘났다는 사람들의 집합소인 우리나라 국회를 들여다보면, 사회

에선 똑똑하여 둘째가라면 서운해 할 내로라하는 성공한 사람들인
데 어째서 국회의사당만 들어가면 바보가 되는지 알 수 없는 일이
다. 국민들은 달을 보라 손가락질을 하는데, 달은 안 보고 손가락
끝만 바라보는 바보들 말이다.

여러분이라면 인생 후반전을 어떻게 보내고 싶은가?

정치인도 아니면서 죽을 때까지 정치에 관여하며 지저분한 바이
러스의 매개가 되어 다른 사람에게 전염시키며 살고 싶은가? 아니
면 하얀 모시옷에 부채를 펴들고 시원한 그늘에서 판소리를 감상
하며 마음을 살찌우고, 지난날 내가 원했으나 하지 못한 일을 하며
보람찬 하루하루를 보내고 싶은가?

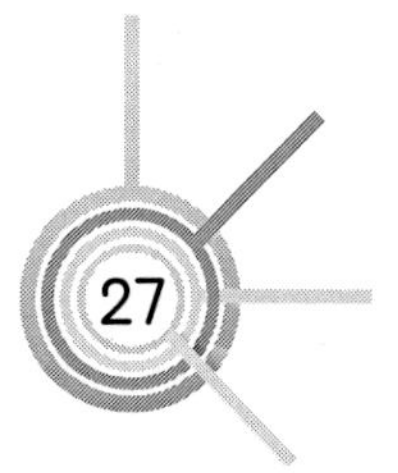

시민단체에서
무슨 활동을 할 수 있나

일선에서 물러난 우리들 앞에 닥친 가장 큰 문제는 남아도는 시간이다. 재취업을 한다면 그건 로또 복권보다 더한 행운을 잡았다고 볼 수 있다. 그러나 로또에 당첨될 확률은 거의 없는 것처럼 퇴직한 사람에게 재취업은 자격 요건을 충분히 갖추고 사회 경험이 풍부함에도 불구하고 나이를 먹었다는 편견 때문에 낙타가 바늘구멍으로 들어가는 것보다 더 어렵다.

사실, 직업에는 귀천이 없다고 사람들은 흔히 듣기 좋게 말을 하지만 내가 보기엔 분명히 직업에도 귀천이 있다. 아무리 직업이 없이 무위도식하고 있다고 하지만 당장 오늘 빌지 않으면 굶어 죽지 않는 한 자존심 버리고 작업 환경이 열악한 3D업종에서 일하겠노라고 선뜻 선택할 수는 없는 노릇임이 현실이다.

늦은 나이에 돈 좀 벌어보겠다고 일하다 열악한 환경 탓에 질병이라도 생긴다면 배보다 배꼽이 더 큰데 그런 위험을 안고 직장 생활을 하다는 것은 목숨을 건 도박이다. 그러니 누구나 피하고 싶을 것이다.

그렇다면 남아도는 시간, 마땅히 할 일이 없어 소일거리 찾으러 한가로이 이곳저곳 기웃거리며 무료하게 허송세월한다면 나는 각종 단체에 가입하여 여가 활동을 해 보라고 권하고 싶다. 내가 살고 있는 지역 여건에 맞춰 탐문해 보면 정부에서 보조금을 받는 단체도 있지만 그보다는 NGO 성격을 띤 각종 비영리단체들이 많이 있는데, 그곳에 가입해 뜻이 맞는 회원들과 함께 사회 활동을 해 보라고 권하고 싶다. 하루가 다르게 생활에 활력이 넘쳐 사는 맛이 날 것이다.

나 같은 경우에도 우연한 기회에 '시민행동21'이란 단체를 알게 되어 가입하여 활동하고 있다.

'시민행동21'은 전주 지역에서 활동하는 단체이다. 나의 작은 실천이 세상을 바꾼다는 캐치플레이즈(Catchphrase)를 내걸고 지향하는 일로는 첫째, 인간 존중의 사랑공동체 실현을 위해 지역공동체의 강화와 시민의식개혁운동을 하고 있으며 둘째, 시민자치의 민주주의 구현을 위해 권력 감시와 시민참여 민주주의 활성화 및 시민문화 활동의 활성화 운동을 하고 있으며 셋째, 행복하고 아름다운 도시 만들기를 위해 자연과 인간이 조화를 이루는 푸른 생태도시와 인간의 개성과 자율이 발휘되는 창조적 문화도시를 만들고 지식과 정보가 자유로이 교류되는 지식 정보의 도시를 만들자는 데 목적을 두고 있다.

단체 산하에는 소모임으로 〈들꽃 사랑 꽃다지〉 〈하천연구회 여울〉〈올챙이뒷다리〉〈전주문화지킴이〉〈청소년문화지킴이〉〈놀이마당 오감〉〈도시계획소모임〉 등이 있다.

나는 '시민행동21' 안의 소모임인 〈전주문화지킴이〉에 가입해 활동하고 있다.

역사 교육이 약화된 작금의 현실, 당연히 국민들의 역사 인식도 달라졌다. 역사 인식이 우매해졌다고 해야 할까. 어제가 없는 오늘은 없고 미래 또한 없다. 우리가 외계에서 갑자기 날아와 대한민국이란 나라를 세우지 않은 이상 조상의 얼을 받들어 계승하고 반추하여 발전시키며 새로운 세상을 열어나가는 게 도리인 것이다. 이제 역사 문제는 정부에 기대하긴 힘든 것 같다. 깨어 있는 각자가 관심을 갖고 문화유산도 사랑하며 이웃에게 관심을 갖도록 이끌어야 될 것 같다.

작금의 상황을 볼 때 우리 문화를 지키고 사랑하는 일에 나라도 발 벗고 나서지 않으면 안 되겠다는 생각에 〈전주문화지킴이〉에 가입하게 되었다. 그런데 지킴이 활동을 하며 항상 느끼는 일이지만 나한테도 도움이 되는 게 한두 가지가 아니다.

일정 기간의 문화지킴이 양성교육을 받은 후로도 계속되는 특강을 통해 그동안 수박 겉핥기식으로만 알고 있던 내 고향 문화재의 위대함의 진수를 깊숙이 배울 수 있고 시간이 나면 현장을 회원들과 함께 답사하여 눈으로 확인하니 좋다. 당연히 연사들은 이 지역의 대학에서 고고학이나, 사학, 건축학, 문화관광 등등을 연구하는 교수진 및 전문가로 구성되어 있어 질 좋은 교육을 받을 수 있다.

그동안 말이 고도 전주 사람이지 내 고장에 널려 있는 수많은 문화재에 대한 지식이 깊지 못해 외지에 있는 친구들이 전주에 놀러오면 실상 변변하게 문화유산에 대한 안내를 하지 못했었다. 심지어 외지 사람보다 이 지방에 있는 문화재를 더 모르고 있는 경우도 있었다.

외지 사람들이 전주에 뭐가 있다던데 가볼 만한 곳이냐고 물으면 정확한 정보가 없어 망설이거나 머뭇거리기 일쑤였다. 그러나 이 단체에 가입한 후 우리 고장의 문화유산을 공부하고 또 자원봉사로 문화재보호 활동을 하면서 세세한 곳까지 위치도 파악하게 되어 안내하는 데 자신이 생겼다. 무슨 일이든 현역 시절의 주특기에 못지않게 자신 있게 처리할 수 있는 일이 있다면 남은 생을 자신감을 가지고 살 수 있을 것이다.

또한 나는 완주군 SNS서포터즈 단원으로 활동도 하고 있다. 활동 기간은 일 년 단위지만 활동을 열심히 하면 계속해서 할 수도 있다. 온라인상에서 완주군의 축제, 행사 취재/전파, 우수행정(정책) 사례 발굴/전파, 다양하고 현장감 있는 사진, 영상콘텐츠 업로드 등 완주군을 전국에 홍보하는 전도사 활동을 하는 것이다.

나이든 사람이 웬 SNS서포터즈 활동이냐고 되물을지 모르지만 젊은 사람만이 할 수 있는 힘이 드는 일이 아니기에 나이 든 사람에게 더 적합한 활동이라고 본다. 컴퓨터를 가까이 하는 사람은 노소 불문하고 누구도 가능한 일이다. 오프라인 모임도 있어 전국에서 참여한 젊은 막냇동생 또는 자식과 같은 또래의 사람들과 한 가

지 공통 관심사에 관해 공감하고 소통할 수 있는 기회도 주어져 그
들을 만나면 그 시간만큼은 나도 모르게 나이 들었다는 생각을 잊
어버리고 젊어지는 기분이 든다.

무엇보다 이 일을 함으로써 내 고장에서 일어나는 일을 꿰뚫어
알 수 있게 되어 나도 큰 도움을 얻고 있고 또한 내가 살고 있는 고
장 사람들이나 동식물 그리고 자연을 사랑하게 되었다. 한마디로
말해 애향심이 생긴 것이다. 소셜네트워크에서 내 고장에서 일어나
는 새로운 소식을 온라인 친구들과 함께 공유하여 그들에게 새로
운 정보를 제공하는 일은 별도의 시간이 거의 필요치 않다.

나이 들어 개인적인 일을 하여 성취감을 느끼는 일을 젊은 날에
비해 점점 그 영역이 줄어든다. 그렇다면 개인적인 일보다 공익을
위해 조금의 시간을 보탬으로 인해 나도 다른 사람도 득을 볼 수
있다면 얼마나 기쁘고 보람찬 일인가.

자, 이제부터라도 배우고 익혀 모든 이웃을 위해 일해 보자. 내
노년의 삶도 질 좋은 삶으로 변모할 것이다.

내가 먼저 손을

봉사 활동은 어떨까?

동전의 양면을 닮은 세상. 양지를 바라보면 세상은 아름답고 살 만한 곳이라 생각되지만, 조금 더 관심을 갖고 어두운 이면을 깊숙이 파헤쳐 들여다보면 양지의 사람들이 간절히 그리워하는 한겨울의 햇볕만큼이나 따스한 세상의 볕을 쬐고 싶어 하며 힘들게 살아가는 사람들이 참 많다.

고아원, 노인요양원, 장애인복지시설, 독거노인, 장애자 등등 우리의 손을 필요로 하는 곳은 손가락으로 꼽을 수 없을 정도로 많다. 그런 곳에 정기적으로 도움을 주는 봉사 활동은 우리에게 분명 희망을 준다. 적지 않은 나이임에도 불구하고 내가 건강하여 남에게 도움을 줄 수 있다는 것, 그것은 분명 자기의 삶에도 활력을 안겨 준다고 본다. 재능 기부도 좋다. 나이 지긋이 드신 분들이 평생 동안 쌓아 놓은 지식을 사장시키지 않고 어린이나 후배들을 위해 나눠준다면 사회는 더욱더 밝아질 것이다.

나는 주위에서 잘못된 시각으로 봉사 활동하는 사람들을 바라보고 평가하는 일을 자주 목격했다. 제 가족도 제대로 돌보지 못하는 사람이 무슨 봉사를 한다고 싸돌아다니느냐는 것이다. 이 말의 이면에는 제 가족이나 부모도 제대로 돌보지 않으면서 무슨 남을 위해 봉사하느냐는 의미 즉, 네 가족이나 잘 돌보고 그다음에 남을 돌보든지 말든지 하라는 핀잔이고, 다른 하나는 남 보여주기식 봉사 활동을 하는 사람들을 비판한 것이다.

일리 있는 말이다. 그러나 나는 꼭 그렇게만 생각하지 않는다.

춘추전국시대의 사상가인 묵자의 겸애(兼愛)사상에 이런 말이 있다. "남을 사랑하는 사람은 남도 따라서 그를 사랑할 것이며, 남을 이롭게 하는 사람은 남도 따라서 그를 이롭게 할 것이다." 묵자는 또 "남을 미워하는 사람은, 남도 따라서 그를 미워하고, 남을 해치는 사람은, 남도 따라서 그를 해친다. 결국 남을 사랑하고 남을 이롭게 하는 사람은 하늘이 그를 복되게 할 것이다."(묵자 법의)

묵자의 말처럼 남을 나의 친부모나 형제와 자식처럼 사랑할 줄 아는 사람만이 봉사 활동을 할 수 있다고 본다. 집에 있는 부모에게 불효하는 자식이나 며느리가 어떻게 남을 돕는 봉사를 할 수 있을까? 절대 불가능하다고 본다. 그들은 자기 식구와 남을 똑같이 사랑하는 마음이 있기 때문에 그런 봉사 활동을 한다고 생각된다.

이 세상에 단점 없는 사람은 없다. 그런 의미에서 괜히 멀쩡하게 좋은 일 하는 사람 흠 잡지 말았으면 한다. 못 먹는 감 찔러나 본다고 자기가 못 하는 일, 남이 하고 다니며 이웃들로부터 좋은 소리 듣는 것이 싫어 자격지심에서 아니면 시기심의 발동은 아닌지 묻고 싶다.

봉사 활동은 일종의 습관이다. 대다수의 사람들은 나보나 불우한 처지에서 고생하는 사람을 만나면 측은하게 생각은 하지만 쉽게 손을 내밀어 도와주지 못한다. 왜 그럴까? 보통의 일반 사람들은 봉사하는 자세가 습관화되지 않았기 때문이다. 이럴 때 선뜻 나설 수 있는 사람은 봉사 활동이 몸에 습관화된 사람들이다.

습관이란 오랫동안 되풀이하여 몸에 익은 채로 굳어진 개인적 행동을 뜻한다. 한문으로 '습(習)' 자는 알에서 부화한 새가 날갯짓하며 부단히 나는 연습을 하는 모양을 본떠 만든 글자다. 습관은 하루아침에 생기지 않는다는 의미다. 그렇듯 봉사 활동도 어느 날 갑자기 할 수 있는 게 아니다. 그러므로 봉사 활동 다니는 사람에게 흥을 북돋아 주지는 못할망정 흥 깨지 말고 오늘부터라도 나부터 조금씩 천천히 봉사 활동에 가담하여 습관화하자.

봉사에는 여러 가지 다양한 방식이 있다. 가진 것이 없어 돈이나 물질로 나누는 봉사가 어렵다면 몸을 움직여 하는 것 중에서도 쉬운 것부터 실천해 보라. 거동이 불편한 환자들의 목욕 봉사는 어느 정도 봉사 정신이 투철한 봉사자들이 해야지 아무나 못 한다. 혼자 목욕을 못 하는 중증 환자들이니 따뜻한 물로 목욕을 시키면 꼭 배변을 하게 된다. 나도 몇 년 동안 목욕 봉사를 해봤지만 어느 정도 익숙해지기까지는 환자의 변을 보면 비위도 상하고 하여 힘들었다. 그러니 초보자들이 하기엔 부적합하다고 생각되는 것이다.

그렇다면 초보자들이 하기에 좋은 봉사 활동은 어떤 것들이 있을까?

종류가 많이 있지만 문화재보존 활동이라든지 아니면 환경 관련 봉사 활동이 괜찮을 것 같다. 문화재 보호구역에 가서 문화재가 파손된 곳은 없는지 확인하고 주변을 정리하거나 도심 가운데를 가로지르는 천변에 나가 쓰레기를 줍는 등 수질정화 활동을 하는 것 정도의 가볍고 부담 없는 활동을 하다 보면 봉사 마일리지도 쌓이고 봉사에 재미가 붙어 좀 더 어렵고 힘이 드는 봉사 활동도 가능하리라 본다.

처음부터 어려운 봉사 활동을 하다 힘들어 중도에 그만두느니 처음엔 가벼운 봉사 활동부터 시작하여 점차 내공이 쌓이면 남들이 하기 어렵고 역겨운 봉사 활동도 가능하리라 본다.

생각하고 목표를 정했으면 이제 실천만이 정답이다.

'전화 해 볼까 하다 왠지 바쁠 것 같아 그만 두었고, 만나자고 약속 해 볼까 하다 사업상 바빠 약속이 많을 것 같은 생각에 말았지. 소개시켜 줄까 하다 애인이 있을 것만 같아 말았고, 산에 가자고 하려다 등산을 싫어할 것 같은 생각이 들어 그만두고 나만 혼자 갔지.'

만일 나에게 누군가 이런 이야길 들려주었다면 이 말을 듣는 순간 맥 빠져 털썩 주저앉을 것 같다. 나에게 너무나 허무감을 주는 말이니까 말이다. 그런데 우리는 이런 말들을 무심코 자주 사용한다. 특히, 어떤 난처한 상황에 처했을 땐 변명으로도 말이다. 지금 당신이 이 말의 주인공이 아니라고 확신에 찬 목소리로 말할 수 있는가?

우리는 생각을 실천에 옮기지 못해 낭패를 보는 경우가 많다.

대한민국의 대통령이었고, 노벨평화상을 수상한 김대중 전 대통령은 "행동하지 않는 양심은 악의 편"이라 말씀하셨다. 행동으로 옮기지 않는 생각은 우리들의 정신 건강을 헤치는 아무 쓸모없는 쓰레기일 뿐이다.

오늘, 아니 지금 바로, 하찮은 나지만 내가 필요로 할 것 같은 절박함 속에 빠져 있는 그 누군가에게 내가 먼저 손을 내밀어 보자. 그들에겐 당신의 작고 나지막한 사랑이 큰 힘이 될 것이다.

나이에 맞는 운동을 하자

요즘엔 우리나라도 복지시설이 잘 갖춰져 있다. 시골구석까지 복지관이며 실내 체육관이 없는 곳이 없고, 시설 안엔 수영장 배드민턴장, 헬스장, 사우나 등등 웬만한 체육시설은 다 들어 있다. 그러니 맘만 먹으면 원거리를 오랜 시간 걸려가며 복잡하게 운동하러 다니는 불편함 없이 누구나 집 가까운 곳에 있는 시설을 쉽고 편리하게 이용할 수 있다. 도심 속의 천변이나 소공원에도 체육시설이 갖춰져 있으며 또한 주변에 순례길, 올레길이 아니더라도 걷는 길도 잘 다듬어져 있어 걷는 운동을 하기에도 충분한 조건이 되어 있다.

운동이 남녀노소를 막론하고 사람의 몸에 좋다는 건 누구나 다 알고 있는 상식이다. 특히 중년 이후의 삶을 살아가는 사람들에게 운동의 중요성은 더할 나위없다.

선조들의 시대는 농경사회여서 중년에도 몸을 움직이지 않으면 안 되었다. 운동을 하지 말라 해도 몸을 움직이지 않으면 먹고살 수 없었다. 섭취하는 음식도 시원치 않았지만 여름엔 농사짓고 겨울철 농한기 때도 새끼 꼬고 가마니를 짜지 않으면 생계유지가 안 되었기에 일 년 열두 달 몸을 놀릴 수가 없었다. 그러니 비만을 걱정하는 일은 없었다.

그러나 현대인의 삶은 어떤가? 조금 보태 과장하면 하루 종일 손가락 하나 까딱하지 않아도 살아갈 수 있게 사회 시스템이 완벽하게 되어 있다. 음식은 기름지고 풍부해진 데 반해 타의에 의해서라도 운동할 수 있는 여건이 사라졌다. 섭취하는 음식은 고칼로리의 영양덩어리인데, 운동을 안 한다는 것은 남은 생을 성인병에 걸려 시달림을 받으며 질 좋은 노후를 살지 않기를 원하는 것과 무엇이 다를까. 이 세상에 내가 나를 컨트롤하지 못하는 일은 비일비재하다. 그러나 다른 백 가지는 양보해도 단 한 가지 규칙적으로 운동하는 일은 게으름에 절대 양보해선 안 된다.

생활체육에는 여러 가지가 있다. 맨손으로 걷는 운동부터 시작하여 축구, 탁구, 족구, 배드민턴, 테니스, 골프, 헬스, 등산, 사이클 등등에 노인들의 전유물인 게이트볼까지 수많은 종목들을 맘만 먹으면 주변 사람들과 함께 손쉽게 즐길 수 있다.

운동은 신체를 단련하여 몸과 마음을 건강하게 만들어 질병에 시달리는 삶이 아닌 질 좋은 삶을 영위하기 위한 하나의 방법이다. 그렇다면 운동 중에서도 혼자 하는 운동보다는 여럿이 하는 운동을 즐기라 권하고 싶다. 혼자 하는 걷기나 헬스는 지루함을 느껴 흥미가 반감되어 오래 지속하지 못할 수도 있다. 그에 반해 여럿이 어울려 할 수 있는 운동을 권하는 이유는 운동을 하며 새로운 친구도 사귀게 되고, 그들로부터 얻는 정보는 생활에 활력소를 만들기도 하기 때문이다.

허나, 항상 모든 일에는 양면성이 있기 마련이어 피해야 할 운동도 있다.

첫째, 과격한 운동은 피해야 한다. 축구, 배드민턴이 대표적이다. 중년에 축구를 한다는 건 상상도 못할 일인데 간혹 축구를 즐기는 사람들을 볼 수 있다. 그건 자살 행위나 다름없다. 부상을 당하면 신체에 대한 데미지가 너무 크기 때문이다. 배드민턴도 나이 든 사람은 피해야 할 운동 종목 중 하나다. 배드민턴은 실내경기이기 때문에 의지만 있다면 365일 운동을 할 수 있는 장점이 있다. 그러나 배드민턴장에선 관절에 파스 붙이고 스프레이를 뿌려가며 운동하는 사람들을 흔히 목격한다. 건강을 위해 운동을 해야 하는데, 운동에 중독되어 자기도 모르는 사이 몸을 망가뜨리고 있는 것이다.

같은 운동을 몇 년씩 하다 보니 초심을 잃고 이제는 건강을 위해 운동을 하는 게 아니라 프로선수처럼 시합에서 상대를 이기기 위해 운동을 한다. 상대를 이겼을 때의 쾌감, 그 으르가슴이 그들을 운동 중독으로 만들고, 그 중독에서 헤어나지 못하게 되는 것이다. 그러니 관절이 망가져 남은 생을 힘들게 살지 모른다는 일말의 불안감도 뒤로한 채, 말초신경을 건드리는 쾌감의 지속을 위해 마치 불을 향해 달려드는 불나비처럼 죽을지 모르고 코트를 뛰고 또 뛰어다닌다.

중년엔 복식으로 게임하는 운동 또한 피해야 한다. 젊은 날 치열한 경쟁의 틈바구니에서 살아남기 위해 몸부림치며 피 말리는 삶을 살아왔으면 되었지 또 그 경쟁의 아귀다툼에 뛰어들어 스트레스 받을 일을 왜 해야 하는가 말이다.

테니스도 마찬가지지만 배드민턴장에 가면 운동의 전부가 게임이고 승부의 세계가 정말 냉혹하다. 단식게임은 일반인들은 체력이 안 따라줘 거의 하지 않고 복식게임을 많이 하게 되는데 이게 이만저만한 스트레스가 아니다. 배드민턴은 눈에 보일 정도로 구력에 따라 실력 차이가 많이 난다. 그러니 구력이 짧아 실력이 부족한 사람들은 짝을 이뤄 게임을 하기도 쉽지 않고 이때 자존심도 많이 상하게 된다.

게임에 이기면 그나마 다행이지만 지는 게임엔 꼭 부차적인 문제가 생기기 쉽다. 셔틀콕 하나 잃는 건 돈으로라도 때우면 그만이지만 십중팔구 자기편끼리 의견 충돌이 발생하여 기분 상하는 일이 생겨난다. 배드민턴으로 밥 먹고 사는 프로도 아닌데 왜 이런 현상이 일어날까. 정말 권해주고 싶지 않은 운동이 배드민턴이다.

나는 일주일에 몇 번은 복지관에 서예를 하기 위해 다니는데 집에 돌아오는 셔틀버스 안에서 가끔 그곳에서 게이트볼을 즐기고 돌아오는 할머니들을 만나게 된다. 할머니들의 특징은 꼭 차에 오르면 게이트볼 얘기를 하는데, 신기하게도 모두 승패에 관해 복기하며 거친 말로 동료였던 사람 때문에 게임에 졌다고 비아냥거리며 흉보는 것이다. 저 할머니들에게도 승부욕이 남아 있단 말인가? 인생을 달관할 연세에 젊은이 못지않은 불타는 승부욕이 있다는 게 믿겨지지 않았다.

저렇게 스트레스 받는 운동을 왜 할까 생각해 보며 골프를 생각해 봤다. 골프는 멘탈 게임이다. 자연으로부터의 간섭 외엔 외부로부터 그 어떤 인위적인 것들도 내게 자존심을 상하게 하지 못한다. 경기 결과가 나쁘게 나왔다 해서 탓할 대상도 없고 오직 나를 탓할 수밖에 없다. 테니스나 배드민턴처럼 승패로 인해 남의 자존심을 건드릴 일도 없고 내 자존심을 상할 일 또한 없다. 남들의 기분에 속박되지 않고 내 기분에 의해 내 육체가 제어될 뿐이니 이 얼마나 점잖고 매너 있는 운동인가? 중년에게 꼭 권해보고 싶은 운동이다.

그러나 골프가 아무리 좋아도 여건상 그 운동을 할 수 없는 사람도 있을 것이다. 그렇다면 운동을 안 하는 것보다는 하는 게 좋으니 질 좋은 삶을 위해선 차선의 운동이라도 꼭 일주일에 3일 이상은 규칙적으로 운동을 하는 습관을 가져 보자.

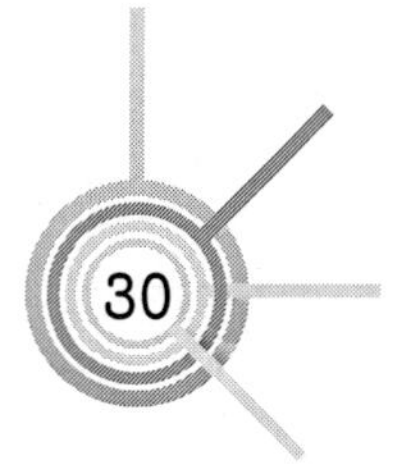

나와 남이 다름을 인정하면 누가 득일까?

이 세상에 같은 것이란 아무것도 존재하지 않는다. 하물며 사람은 말할 나위도 없다. 생김새뿐만 아니라 성격도 판이하게 다르다. 그것을 우리는 개성이라 부른다. 개성에 따라 사람들의 삶의 방식도 달라진다. 부지런한 사람도 있는가 하면 게으른 사람도 있고, 쾌활한 성격을 소유한 사람도 있는가 하면 우울한 분위기를 연출하고 사는 사람도 있고, 말하기를 좋아해 사람들과 여럿이 휩쓸려 다니기 좋아하는 사람이 있는가 하면 혼자 조용히 있기를 좋아하는 사람도 있다.

종교도 제각각이어 성경 말씀을 믿고 따르기 위해 교회에 나가는 사람이 있는가 하면, 성불을 위해 부처님의 가르침을 받으러 절에 나가는 사람도 있다.

이렇듯 세상은 지구 위를 살아가는 사람들의 개성 만점의 삶에 의해 돌아가고 있는 것이다. 각자의 개성에 따라 남과 부딪치지 않고 살아가면 얼마나 좋으련만 그러나 불행히도 조물주는 사람을 혼자 살 수 없게 만들어 놓았다. 그러므로 인간은 서로 대면하고 관계를 이루며 무리지어 살아야 하기에 집단 이기주의도 생겨나 크게는 국가 간의 전쟁으로도 비화하고 작게는 이웃 간에 충돌도 일어난다. 그리고 더 작게는 부부간 또는 가족 구성원 간에도 다툼이 생기게 된다. 이 모든 일은 남의 개성을 인정하지 않기 때문이다.

개성이 다른 두 사람이 한 가정을 이루기 위해 결혼하게 되면 사랑이란 요술쟁이가 보이지 않는 장벽을 만들어 서로의 개성의 충돌을 피하게 만든다. 그리고 젊은 시절엔 직장 생활에 쫓기고 아이를 기르느라 남편이나 아내의 결점을 지적하거나 거론할 시간적 여유도 없다. 그저 거친 세파를 헤쳐 나가느라 정신없는 삶을 살아갈 뿐이다.

그러나 나이가 들어가고 남편이 퇴직까지 하여 부부가 대면하는 시간이 많아지면 사정은 달라진다. 두 사람이 온종일 같이 있게 되면 자연히 의견 충돌은 피할 수 없게 되고, 그것은 곧바로 싸움으로 직행하는 지름길이다. 싸움을 피하는 방법은 없는 것일까? 이때 필요한 것이 지혜이다.

예를 들어보자.

식사 중 남편이 음식이 싱겁다고 타박을 한다. 그럼 대개의 아내들은 자존심이 상할 것이고, 상한 자존심을 세우기 위해 짜게 먹으면 혈압에 안 좋고 어쩌고 하며 싱겁게 먹어야 하는 이유를 남편에게 가르치려고 한다. 그러면 부부싸움으로 이어지게 되어 있다.

과연 남편이 짜게 먹으면 안 좋은지 모르고 싱겁다고 말을 했을까? 그건 아닐 것이다. 요즘엔 TV며 각종 매체에 건강에 관련된 정보가 넘쳐나 남편도 이미 알고 있지만 몸에 밴 습관 때문에 안 고쳐지는 것이다.

영국의 철학자이며 정치가로도 성공하여 우리에게 잘 알려진 프랜시스 베이컨은 "아는 것이 힘이다.(Knowledge is power)"라고 말했다. 그러나 알면서도 실천하지 않으면 모르는 것과 무슨 차이가 있을까? 차이가 없다는 게 답일 것이다. 알고 있어 봤자 행동으로 옮기지 않으면 모르는 것이나 똑같다는 의미다.

짜게 먹으면 몸에 해롭다는 것을 뻔히 알면서도 행동으로 옮겨 못 고치는 사람은 아는 것이 없는 바보다. 평상시엔 정치를 잘 못한다고 정부를 비판하고 국회의원과 단체장을 바꿔야 한다던 사람이 꼭 선거 날만 되면 바쁘다는 엉뚱한 핑계를 대고 산으로 놀러가며 투표를 안 한다. 이 사람 역시 아는 것을 행동으로 못 옮기는 바보다. 우리 주변에는 생김새는 멀쩡하게 생겼지만 이런 부류의 똑똑한 바보들이 참으로 많이 있다.

위 두 사람과 같은 바보와 마주치며 살아가야 하는 사람은 숨이 막힐 것이다. 그러나 이때 나와 남이 다름을 인정하는 현명한 사람이라면 내 방식대로 살라고 가르치려 들지 않고 말없이 짜게 먹는 남편의 습관을 바꾸려 들 것이다. 절대 하루아침에 모든 음식을 싱겁게 만들려고 하지 않고 한 달 또는 두 달 장기간에 걸쳐 점차 소금을 줄여나갈 것이다. 그러면 남편 자신도 모르는 사이에 짜게 먹던 입맛이 슬슬 바뀌게 될 것이다.

어떤가? 꽤 괜찮은 방식이지 않은가. 서로 자존심 내세우며 싸울 필요 없이 조용히 문제가 해결될 것이다. 필연 이 가정은 화목하므로 행복이 찾아들어 가화만사성일 것이다.

그러나 나와 남이 다름을 인정하지 않는 사람이라면 핏대를 올리며 끝까지 짜게 먹으면 안 되는 이유를 자기가 알고 있는 상식을 총동원하여 남편에게 가르치려 들 것이다. 같은 말이래도 아 다르고 어 다른 법이다. 말하는 사람의 기분이나 심리 상태 즉 억양의 차이에 따라 전하고자 하는 메시지가 다르고, 듣는 사람도 그때의 기분에 따라 같은 말이라도 칭찬으로 들릴 수도 있고 비아냥이나 시비로 들릴 수도 있는 것이다.

내 감정이 상하여 남을 가르치려 드는데 점잖은 말과 억양으로 치솟는 감정을 다스리며 이성을 잃지 않고 말할 수 있는 사람이 이 세상에 도대체 몇 명이나 될까? 아내는 아내대로 자기의 의사를 제대로 전달할 수 없을 것이고, 남편은 남편대로 아내의 의견을 좋은 감정으로 받아들일 수 없어 기분만 언짢아질 것이다.

그런데도 자신의 의사를 굽히지 않고 계속 싱거운 음식을 식탁에 올리면 과연 그녀의 남편은 그녀의 바람대로 성인병에 안 걸리고 오래오래 잘 살 수 있을까? 내가 보기엔 절대 아닐 것 같다. 그녀의 남편은 싱겁게 먹어 건강하게 살 날짜보다 매일 싱겁게 먹으며 받는 스트레스 때문에 더 짧은 생을 살다 갈 게 뻔하다.

남이 나와 다름을 인정하지 않는 삶을 사는 사람은 힘들게 세상을 사는 사람이다. 이런 부류의 사람들은 내가 갖고 있는 지식만을 최고라고 믿는다. 그래서 남이 아는 지식은 쉽게 무시하고 본인이 직접 보고 듣거나 감각을 이용하여 느끼고 경험하지 않은 것은 진실이라고 믿지 않는 경향이 있다.

그러므로 모든 삶의 방식은 내 머릿속의 지식의 틀 안에 들어 있는 방식대로 움직여야 직성이 풀린다. 한복에는 고무신을 신어야 하고 등산을 할 땐 등산복을 꼭 입어야 하는 식으로 격식도 갖추어 살아야 한다. 한복에 구두는 뭐가 어때서. 그리고 산에 올라가는데 운동화에 간편한 복장이면 된 것 아닌가. 물론 에베레스트에 오르려면 그리해선 안 되겠지. 그러나 전문 산악인이 아닌 우리가 쉬는 날 하는 가벼운 산행 정도야 뭐가 그리 문제란 말인가?

병아리가 부화할 때 껍질을 깨는 아픔을 겪지 않으면 결코 태어날 수 없듯이 이런 사람도 새롭게 태어나기 위해선 자기가 만들어 놓은 격식의 틀을 깨고 나오는 사고를 가져야 한다. 나와 남이 다름을 인정해 주지 않는 삶을 사는 사람은 자신도 괴롭지만 그런 사람과 함께하는 식구뿐만 아니라 넓게는 그와 마주치는 이웃도 괴로울 수밖에 없다.

나와 개성이 다르다 해서 그 사람이 추구하는 삶을 도매금으로 매도하는 짓은 하지 말았으면 한다. 그도 그 나름의 사고가 있어 행동하는 것인데 그것이 내 방식과 다르다 해서 지적하거나 고치려 든다면 분명 마찰이 생기고 서로 힘들어진다.

나는 어떤가? 남의 개성을 인정해 주는 삶을 살고 있는가. 아니면 남의 개성을 인정하지 않고 묵살하는 삶을 살고 있는가? 세상의 이치는 내 맘대로 돌아가지 않는다. 그렇다면 나는 세상의 모든 것과 충돌하면서 살아야 한다. 얼마나 힘든 한 생이 될까? 남이 나와 다름을 인정하고 남을 가르쳐 고치려 들지 말고, 오히려 내가 먼저 생각을 고쳐먹는다면 이 세상 누구와도 부딪칠 일이 없어 평안을 누리며 한 생을 살다 갈 것이다.

명심하자! 나와 남이 다름을 인정하지 않는 삶은 남에게도 상처를 주어 상흔을 남기지만 본인에게도 화를 자초하는 삶이 되어 자신의 건강도 해치게 될 것이란 것을.

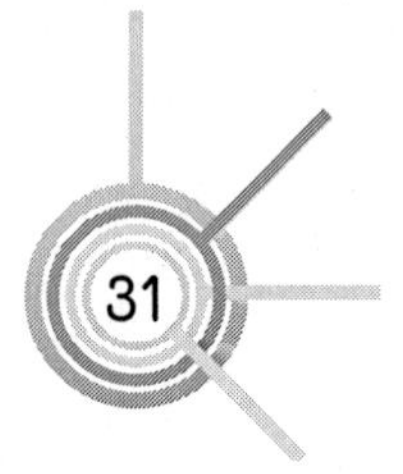

나이 60,
자신의 품격을 책임질 때다

　인심이란 말은 남의 처지를 헤아려 도와주는 마음이라고 하니 남의 딱한 처지를 몰라라 하지 않고 정신적으로나 물질적으로 도와주는 일을 뜻한다고 보아야 할 것이다. 예나 지금이나 정신적인 도움도 중요하지만 물질적으로 남에게 도움을 줘야 겉으로 표시가나 본인이나 남들이 인심을 썼다고 생각하는 것 같다.

　간혹 어떤 어려움에 처해 남의 도움이 간절한 순간 남들로부터 외면당하면 내가 인덕이 없어서 일이 이렇게 되었다고 푸념하는 사람들을 종종 본다. 내가 보기에 인심과 인덕은 상관관계가 있다고 생각된다. 내가 남에게 베풀지 않으면 남도 나에게 베풀지 않기 때문이다.

　그렇다면 가난한 사람은 물질적으로 남에게 도움을 주지 못하니 인심을 쓸 수 없게 되고 결국 인덕도 없다는 말인가? 그렇지 않다. 내 것 주고 뺨 맞는 사람도 있고, 물질적으로 아무것도 베푼 일이 없는 사람임에도 불구하고 인덕이 있는 사람이 있기 때문이다. 말

한마디로 천 냥 빚을 갚는다는 말도 있으니 꼭 물질적인 어떤 거래가 있어야만 인심과 인덕이란 상관관계가 나타나는 것은 아닐 것이다. 주는 것 없이 미운 사람이 있고 받는 것 없이 정이 가는 사람이 있지 않은가?

나는 가끔 이런 말을 하는 사람들을 본다. "내가 저더러 술을 사 달라고도 했어, 밥을 사달라고 했어, 아니면 돈을 떼어 먹었어? 도대체 왜 저 사람은 까닭 없이 나를 미워하는지 모르겠네." 그러나 이 세상에 이유 없는 미움이 있을 리 없고 이유 없이 정이 가는 사람은 없을 것이다.

물질적으로 상대에게 손해를 입히는 일 즉 돈을 빌려다 갚지 않은 것도 아닌데 왜 나만 미워할까마는 따져 보면 평소 말하는 태도 하나에서부터 마음 씀씀이 그리고 내게서 풍기는 인품 등 모든 일상이 복합적으로 작용하여 상대로부터 정이 가는 사람을 만들게 되고, 그 사람에게 불행이 닥쳤을 때 주위의 많은 사람들이 그를 도와 궁지에서 벗어나도록 도움을 주는 것이다.

인덕은 어느 날 갑자기 혹은 우연히 생기는 게 아니고 내가 먼저 이웃을 항상 사랑하는 마음으로 돌아보고 이웃들이 어려움에 처해있을 때 그 곤궁으로부터 벗어나게 돕고 베풀어야 생긴다. 적선을 많이 하면 그만큼 인덕도 생긴다고 본다.

인덕이 없다고 생각하는 사람은 자기 자신을 돌아봐야 한다. 평소 나는 어떤 행동과 말씨를 사용하고 있으며 혹시 남을 돌보며 생색내거나 업신여기지는 않았는지. 또한 남의 불편한 마음을 헤아리지 못하고 내 방식대로 무슨 일이든 처리하지 않았는지. 온화한 미소와 평정심을 갖고 행동하지 않거나 작은 이익을 탐하느라 이웃과 불화를 일으키며 소탐대실은 하지 않았는지.

지난날을 돌아보고 반성하여 지혜로운 삶을 살아간다면 결코 주위로부터 차가운 시선은 받지 않을 것이고, 어려운 일이 부딪쳤을 때 주위로부터 도움을 받지 못해 인덕 없다 한탄하는 일은 없을 것이다.

나는 관상에 관심을 가지거나 관상에 대해 믿고 싶지도 않지만 인덕 없는 삶의 궤적은 그 사람의 얼굴에 반드시 나타나게 된다고 본다. 나이 사십이 넘으면 자기의 얼굴에 책임을 져야 한다는 말이 있다. 미국의 링컨 대통령이 한 말로 기억되는데, 원했든 원하지 않았든 지나온 삶의 궤적에 대안 책임은 분명 자신에게 있다는 뜻일 것이다.

현재 나의 얼굴은 어떤 모습일까? 만족하는 사람도 있을 것이고 불만족인 사람도 있을 것이다. 그러나 지금의 나의 얼굴은 지난 삶의 나일 뿐이다. 우리에게는 지나온 만큼의 시간인 인생 후반전이 기다리고 있다. 인생 역전의 기회는 아직도 많다. 끈기 있게 노력하여 잘못된 사고나 행동을 바르게 하여 인생 역전의 골을 집어넣는 환희를 맛볼 수 있는 시간이 아직도 충분하다는 것이다. 지나온 40년은 잊어라. 앞으로 다가올 40년을 어떤 얼굴로 살아갈 것인가를 고민하자.

젊은 시절 우리는 이 세상으로부터 많은 도움을 받으며 살아왔다. 직장 생활을 했든 아니면 자영업을 했든 우리가 이만큼이나 먹고 쓰며 풍족하게 살게 된 것은 사실 알고 보면 모두 내 이웃들의 도움이 컸다. 그런데 우리는 그동안 두 손을 움켜쥐고 악착같이 살며 남을 위해 쥔 손을 펼 줄을 몰랐다.

인도네시아의 원주민들은 원숭이를 사냥할 때 손을 펴서 넣으면 들어가고 주먹을 쥐면 손이 빠져 나갈 수 없는 크기의 주둥이를 가진 항아리를 이용하여 원숭이를 잡는다고 한다. 항아리 안에 원숭이가 좋아하는 음식을 넣어두면 원숭이가 달려와 항아리 속에 먹이를 쥔 채 꺼내려고 하지만 주둥이가 좁아 손을 뺄 수가 없는 것이다. 먹이를 포기하면 손을 빼낼 수 있는데 먹이를 포기하지 못해 항아리 속에서 손을 빼지 못하게 되어 도망가지도 못하고 원주민에게 잡힌다는 것이다.

사람들은 먹이를 쥔 손을 펴지 못해 원주민들에게 잡히는 인도네시아 원시림의 원숭이들의 어리석음을 비웃고 있지만 정작 자신들은 쥔 손을 펴지 못하는 우를 범하고 있다. 쥔 손을 펴지 못해 이웃을 만나도 선뜻 손을 내밀어 따스하게 마주잡지 못하고 등 뒤로 손을 숨겼다면 이제 당신의 쥔 손을 펴라고 말해주고 싶다. 쥔 손을 펴고 이웃에게 먼저 다가가 손을 내밀어 이웃의 따뜻한 정을 함께 나누어 보자.

그리고 그동안 풍요롭게 채워진 쌀독을 열면 어떨까 한다. "쌀독에서 인심 난다."는 우리 속담이 있다. 곳간에 넣어 둔 쌀이 많아 넉넉해야 남에게 인심을 쓰고 도와줄 수도 있다는 말일 것이다. 중년의 우리는 곳간에 쌀이 어느 정도는 쌓여 있다고 생각한다.

베푸는 일은 가까운 이웃과 지인들로부터 시작하자. 거창하게 떠벌리고 불쌍한 사람들에게 베푸는 것도 좋지만, 우리가 흔히 마주치는 식사하고 술 마시는 일 등 일상의 아주 작고 사소한 것부터 실천하면 좋을 것 같다.

친구를 만나거나 지인들을 만났을 때 꼭 밥값이나 술값은 내가 내는 것을 원칙으로 하자. 머리 희끗해져서도 얻어먹는 것 좀 구차하다는 느낌이 드는 건 나만의 생각일지 모르지만 하여간 나이 들어 남이 사주는 밥이나 술 얻어먹고 다니면 괜히 빚진 것같이 마음이 무거워지고 불편한 건 사실이다.

남을 배려하는 아주 작고 사소한 일에서부터 습관을 들이면 자연히 남을 돕는 일에 앞장서는 날이 올 것이고, 몸도 마음도 행복해져 화장을 안 해도 환한 얼굴로 변할 것이다. 나이 사십이 넘으면 자기 얼굴에 책임을 져야 하고, 나이 육십이 넘으면 자신의 품격에 책임을 져야 한다.